Anima Animalis

Voz de Bichos Brasileiros

Poesia: Nove hai-kais e Um poema longo

Olga Savary

Anima Animalis

Voz de Bichos Brasileiros

Poesia: Nove hai-kais e Um poema longo

Gravuras de Marcelo Frazão

LetraSelvagem

Direitos desta edição reservados à
Associação Cultural LetraSelvagem: Rua Manoel Borba Gato, 115/602 - Martim de Sá - CEP 11.662-050 - Caraguatatuba-SP/Brasil.
Telefone: (12) 3883-5059.
e-mail: letraselvagem@uol.com.br
sítio: www.letraselvagem.com.br

Revisão: Olga Savary
Gravuras da capa e miolo: Marcelo Frazão
Capa: Atelier Villa Olívia
Editoração eletrônica (miolo): Cesar Neves Filho

O logotipo LetraSelvagem *foi idealizado a partir de cerâmica Aruak, padrões utilizados nas bordas dos vasos, compilados por Koch-Grünberg em 1910.*

Coleção Sentimento do Mundo:
Org. Nicodemos Sena

Dados Internacionais de Catalogação na Publicação (CIP)
(LetraSelvagem, Caraguatatuba, SP, Brasil)

S265a
Savary, Olga, 1933 –
Anima Animalis – Voz de Bichos Brasileiros
Caraguatatuba, SP, LetraSelvagem, 1ª ed., 2008
152 p. - 1000 exemplares

ISBN 978-85-61123-02-4

1. Literatura Brasileira - Poesia: hai-kais
1. Título CDD-B869

Coleção Sentimento do Mundo VOL. 3

Para
todos os tradutores profissionais e amigos que me
traduziram para as cinco línguas – espanhol,
finlandês, francês, inglês, italiano – neste livro

e para
Alfredo Dias Gomes
Carlos Nejar e Elza dos Pássaros
Denise Emmer e Germano Gerhardt
Leda e Lêdo Ivo
Victor Giudice
Zélia e Ariano Suassuna

e mais
Vaninha Costa Lima
Rita de Cássia Araújo e Nearco
Orismar Rodrigues
Marleine Paula Marcondes e Ferreira de Toledo
Marise Eduane
Maria Teresa Costa Lima
Maria Longobardi
Maria Dolores Wanderley e Ronaldo Souza Dias
Lourdes Sarmento
Helena Ferreira
Giovanni Ricciardi
George Eiten
Cybelle Pontes
Claudia Pastore
Claire Varin
Beatriz Alcântara
Angélica Soares
Adelina Aletti
August Willemsen

Prefácio

UM BESTIÁRIO PÓS-MODERNO

Por Christina Ramalho*

Um bicho salta das palavras, derrama seus mistérios em voz sucinta, metamorfoseia-se em línguas outras, faz-se gravura e volta ao habitat, ciente do roteiro cumprido. Surge novo bicho, mais outro, outro mais... e um híbrido bestiário pós-moderno se desenha ante nossos olhos, brasileiro, internacional, repleto de signos e senhas, convidando-nos ao passeio caleidoscópico entre asas, escamas, patas e pêlos. Presos nos gradis da vida, estamos nós a vê-los, enquanto eles, livres, desfilam, desafiam e se despedem. Eles são dez. Nós, muitos, multiplicados ainda mais pelo verbo que se faz verso em versões. Eles, todavia, possuem voz e imagem. Nós, quiçá tenhamos ouvidos e olhos para percebê-los.

Eis a ordem do desfile:

Beija-flor, ainda mais delicado nas vestes do hai-kai, sabe-se metáfora e esparge sobre nós vôos desejados.

Bode, humanamente, se debruça no espelho da mitologia e se vê fauno sedutor.

O cavalo, leitor de Quintana, põe em pauta a beleza e o poeta, num jogo de vice-versa, em que uma carta outrora lida motiva verso e conversa.

Jacaré tem palavra mais longa, como o desenho de seu corpo no mapa-múndi ancestral. Mas permanece no segredo de quem sabe nadar de costas em rio que tem piranha.

Lobo-guará, sul-americano desconfiado, fala de táticas e técnicas de quem sabe que sobreviver é uma ciência.

Peixe tem guelras sábias. Tanto faz: rio ou mar, a líquida estrada está lá.

Sapo conta sua sina de estar mais no encanto que na vida. Como nós, sempre esperando pelo beijo redentor.

Tamanduá desdenha a regra geral e exercita o direito a outras formas de desejo.

Touro, filósofo, conjuga tempo e pensamento no pasto da vida ruminante.

Urubu reveste a morte de vida no mais paradoxal dos vôos.

Liberdade, sedução, arte, mistério, ciência, adaptação, sonho, erotismo, pensamento, morte. E vida. Encerra-se o desfile. Presos, ainda, aos gradis, ficamos. Se quisermos. Porque a palavra liberta. Como disse Quintana, na carta já referida: "Que sobra então para a poesia? — perguntarás. E eu te respondo que sobras tu".

./...

Contou-me Olga Savary que a idéia do livro nasceu, em 1996, quando o gravador Marcelo Frazão a convidou para traduzir em texto imagens de animais que ele havia produzido usando as técnicas da gravura em xilo e metal. Os animais eram europeus. Olga, uma nacionalista ferrenha. Resultado? Conjugação de propósitos e este *Anima Animalis – Voz de Bichos Brasileiros*, em que versões em espanhol, finlandês, francês, inglês e italiano dos poemas de Savary expandem a brasilidade conquistada, gerando um livro "tipo exportação", capaz, portanto, de, em tempos pós-modernos, levar este bestiário brasileiro a outras praças, a outros gradis. Ela, escritora que dispensa apresentações; ele, artista cujas obras conhecem o mundo, possuem a força necessária para mostrar (e até exportar) o que temos de melhor: a criatividade.

Nove hai-kais e um poema mais longo integram a obra e, como se esperaria de Olga Savary, dizem, na medida justa da metáfora lapidada pela concisão, que entre palavra, imagem e leitura há um templo onde se ancorar o pensamento em busca de sentidos sempre abertos, desde que haja o velho e conhecido desejo de ir além das clausuras do espaço e do tempo. Desde que haja emoção abrigando a poesia.

A harmonia entre a arte de Frazão e a de Savary reafirma que o pacto entre gravura e poesia é sempre um convite à ampliação do exercício de sentir.

Muito bom ver a guerreira Olga de volta ao livro, espaço onde morou e mora, mulher de palavra e de palavras.

---

*Christina Ramalho, doutora em semiologia pela Universidade Federal do Rio de Janeiro (UFRJ); escritora, ensaísta e professora de Teoria Literária da UFRN-Universidade Federal do Rio Grande do Norte; autora, entre outros, de *Um espelho para Narciso – Reflexos de uma voz romântica* (1999), *Fênix e Harpia – Faces míticas da poesia e da poética de Ivan Junqueira* (2005) e *História da epopéia brasileira* (2007).

SUMÁRIO

(...) a armar-se em couraças, escamas:
como se dá com certas coisas
e muitas condições humanas.

João Cabral de Melo Neto

(...) ovo tranqüilo, mas com fúria de asas.

Marly de Oliveira

Anima Animalis

Voz de Bichos Brasileiros

Poesia: Nove hai-kais e Um poema longo

Beija-flor

De esperança homens usam
minhas asas de metáfora:
polinizo liberdade.

Colibrí

De esperanza hombres usan
mis alas de metáfora:
polinizo libertad.

Kolibri

Toiveikkaat ihmiset tekevät
siivistäni metaforan:
pölytän vapautta.

Le Colibri

D'espérance, les hommes
utilisent mes ailes de métaphore:
je fais la pollinisation de la liberté.

Hummingbird

By hope, men use
my wings as metaphor:
I pollinate freedom.

Colibrì

Come speranza gli uomini usano
le mie ali di metafora:
impollino libertà.

Bode

Meu outro nome? Fauno.
Não ofendo, homenageio
donzelas na mata.

Chivo

¿Mi otro nombre? Fauno.
No ofendo, homenageo
doncellas en el bosque.

Pukki

Toinen nimeni? Fauni.
En loukkaa, kunnioitusta osoitan
neidoille metsässä.

Le Bouc

Mon autre nom? Faune.
Je n'outrage pas, je rends hommage
aux demoiselles dans le bois.

Billy-goat

My other name? Faun.
I don’t outrage, I do pay homage
to damsels in the wood.

Capro

L'altro mio nome? Fauno.
Nom offendo, rendo omaggio
donzelle nel bosco.

Cavalo

a Mário Quintana

Dizendo de mim
dos animais, o mais belo
é não ver poeta.

Caballo

Diciendo de mí
de los animales, el más bello
es no ver poeta.

Hevonen

Sanovat minusta
eläimistä kaunein
eivätkä näe runoilijaa.

Le cheval

En disant de moi-même
des bêtes, la plus belle
ce n'est pas regarder le poète.

Horse

Saying about me
the most gorgeous animal
is not see the poet.

Cavallo

Quando dicono di me
il più bello degli animalli
è non vedere poeta.

Jacaré

Jacaré de rio,
do rio Amazonas
e seus afluentes
ao Paracatuba
do belo Pará,
faço tremer o chão
sob os vários pés.
Rujo igual leão,
urro como touro,
desafio à luta
tudo quanto é macho.
Sobrevivo às eras
no sul da América
do Norte, no norte
da América do Sul,
e ao longo do vale
do rio chinês Yang-Tse.
Por que só em lugares
tão distantes um do outro

ninguém explica ou só
a Pangéia é que explica,
é enigma, mistério
de jacaré.

Caimán

Caimán de río,
del río Amazonas
y sus afluentes
al Paracatuba
del bello Pará,
hago temblar el suelo
bajo los varios pies.
Rujo igual león,
mujo como toro,
desafio a la lucha
todo cuanto es macho.
Sobrevivo a las eras
en el sur de América
del Norte, en el norte
de América del Sur
y a lo largo del valle
del río chino Yang-tse.
Por que sólo en lugares
tan lejanos uno del otro

nadie explica o sólo
la Pangea suele explicar,
es enigma, misterio
de caimán.

Alligaattori

Virran alligaattori
Amazon-virrassa
ja sen Paracatubaan
laskevissa sivujoissa
kauniissa Parássa
tärisytän maata
monijalkaisena.
Karjun kuin leijona,
mylvin kuin härkä,
haastan taisteluun
kaikki urospuolet.
Pysyn hengissä ajasta aikaan
Pohjois-Amerikan etelässä,
Etelä-Amerikan pohjolassa
já pitkin Jangtse-joen
laaksoa Kiinassa.
Miksi toisistaan niin etäisissä
paikoissa kukaan ei selitä tai
vain Pangaea selittää,

se on salaisuus,
alligaattorin arvoitus.

Le caïman

Caïman des fleuves
du fleuve Amazonas
et ses affluents
vers Paracatuba
du beau Pará,
je fais trembler le soleil
sous mes plusieurs pieds.
Je rugis tel qu'un lion,
je mugis comme un taureau,
je défie à la lutte
tout ce qui est mâle.
Je survis aux ères
dans le Sud d'Amérique
du Nord, dans le Nord
de l'Amérique du Sud
et au long de la vallée
du fleuve chinois Yang-Tse.
Porquoi seulement dans les lieux
si lontains les uns des autres

personne ne l’explique ou ce n’est
que la Pangée qui l’explique,
c’est l’énigme, le mystère
de caïman.

Alligator

River alligator,
from the Amazon River
and its tributaries
to the Paracatuba
of gorgeous Pará,
I make the ground tremble
under my several feet.
I roar like a lion
I bellow as a bull,
I challenge every male
to fight.
I survive over eras
in the South of North
America, in the North
of South America,
and along the Chinese
Yang-Tse river valley.
Because only in places
so distant from one to other

nobody explains, or just
Pangaea does so
it is an enigma, a mystery
of alligator.

Caimano

Caimano del rio,
dal Rio delle Amazzoni
e i suoi affluenti
al Paracatuba
al bel Parà
faccio tremare la terra
sotto i miei tanti piedi.
Ruggisco quanto un leone,
muggisco come un toro,
sfido nella lotta
tutto ciò che è maschio.
Sopravvivo alle ere
a sud dell'America
del Nord, a nord
dell'America del Sud
e lungo la valle
del fiume cineseYang-Tse.
Per ché solo in luoghi
così distanti tra loro

nessuno se lo spiega o solo
Pangea lo spiega,
è l’enigma, il mistero
del caimano.

Lobo-guará

Do meu alvo esperto
de longe nem chego perto
desconfiado e alerta.

Lobo-guará

De mi blanco experto
de lejos ni llego cerca
desconfiado y alerta.

Tasankosusi

Ovelaa saalistani
en lähesty kaukana siitä
epäluuloinen ja varuillani.

Le loup guara

De ma cible maligne
ni de loin je m'approche
méfiant et alerte.

Guara-wolf

From my target, brisk,
far I nor come close
distrustfull and alert.

Lupo-guará

Al mio bersaglio valente
non mi avvicino, resto distante
allerta e diffidente.

Peixe

Vi o rio nascer
da minha guelra e nela
armadilho o mar.

Pez

Vi nacer el río
de mi agalla y en ella
atrampo el mar.

Kala

Näin joen syntyvän
kiduksistani ja niillä
pyydystän meren.

Le Poisson

J'ai vu naître le fleuve
de ma branchie et par elle
je piège la mer.

Fish

I saw the river being born
from my grill and by it
I ambush the sea.

Pesce

Ho visto nascere il fiume
dalla mia branchia e da lì
intrappolo il mare.

Sapo

De girino a encantado,
onde está meu vero ego,
beijo príncipe me fará.

Sapo

De renacuajo a embrujado,
donde está mi vero ego,
beso príncipe me hará.

Sammakko

Nuijapäästä lumotuksi olennoksi
siinä on tosi minuuteni
suudelma minusta tekee prinssin.

Le crapaud

De têtard a enchanté,
où se trouve mon vrai ego,
um baiser de moi um prince fera.

Toad

From tadpole to enchanted
where my real ego is
a kiss will make me a prince.

Rospo

Da girino a incantato,
dov'è il mio vero ego,
un bacio mi farà principe.

Tamanduá

Cada dia a língua
do desejo reinventa
cupins e formigas.

Oso Hormiguero

Cada dia la lengua
del deseo reinventa
termitas y hormigas.

Muurahaiskarhu

Joka päivä uudelleen
halukas kieli keksii
termiitit ja muurahaiset.

Tamanoir

Chaque jour la langue
du désir réinvente
des termites et des fourmis.

Tamanoir

The tongue of desire
reinvents each day
termites and ants.

Formichiere

Ogni giorno la lingua
del desiderio inventa
termiti e formiche.

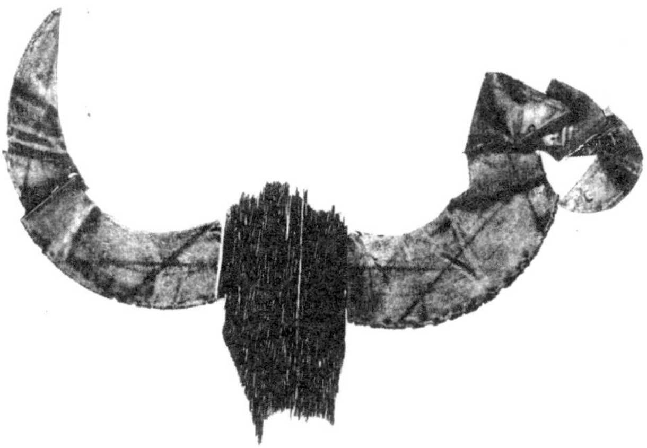

Touro

De sonhar alfombra
coalho na sombra a ter tempo
de ruminar pensamento.

Toro

De soñar alfombra
cuajo en la sombra habiendo tiempo
de rumiar pensamiento.

Härkä

Uneksin nurmikosta
ja jähmetyn varjoon jotta
ehtisin märehtiä ajatuksia.

Le Taureau

Pour rêver de la prairie
je fige dans l’ombre ayant le temps
de ruminer mes pensées.

Bull

From dreaming of green grass
I curdle myself under shadow
having time to ruminate thought.

Toro

Per sognare l'erba
mi coagulo all'ombra e trovo tempo
per ruminare un concetto.

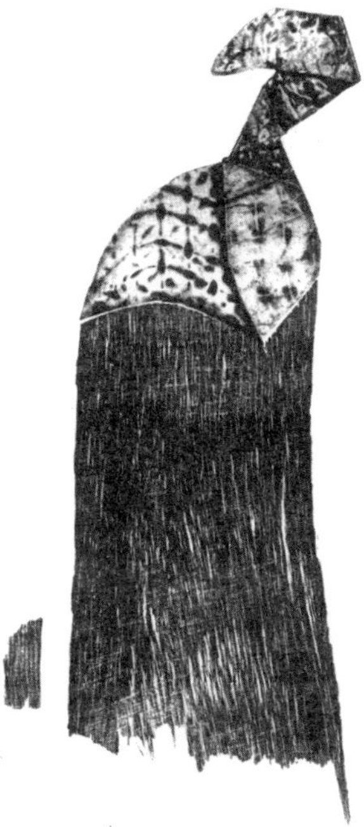

Urubu

Carniça é morte e vida
que alimenta o meu voar
do chão até a nuvem.

Buitre

Carroña es muerte y vida
que alimenta mi vuelo
de la tierra hasta la nube.

Korppikotka

Haasta, kuolema ja elämä,
ruokkii lentoani
maasta pilveen asti.

L'Urubu

La charogne est la mort
et la vie qui du sol au nuage
nourrissent mon envol.

Urubu

Carrion is death and life
which feeds my flight
from ground to cloud.

Urubù

Carogna è morte e vita
che alimenta il mio volo
dal suolo alle nuvole.

NOTÍCIAS E CRÍTICAS (TRECHOS) ACERCA DE OLGA SAVARY

Será Cecília rediviva? Não, é Olga. Vem com seu *Espelho Provisório* – provisório definitivo. Diria eterno, se a palavra não fosse o seu tanto forte (ou frágil...). Olga aparentemente fraca. E, no entanto, que força nela se esconde, literária e humana. Suavidade, doçura, uma pureza que a sua poesia, maduríssima, revela sutilmente. Olga Savary é a própria sutileza disfarçada de gente e de poema. Sua alta poesia nos cativa. Jamais esquecerei esse rosto de Madona, sereno e nobre, tão silencioso e tão comunicativo.

ANTONIO CARLOS VILLAÇA
Escritor e crítico

Olga Savary é senhora de uma gleba fecunda no território da poesia brasileira viva (...) É livro que fica.

ANTONIO HOUAISS
Escritor, crítico, acadêmico
da ABL-Academia Brasileira de Letras, 1987

Poesia ecológica, pura mesologia, quando ainda não era moda falar em ecologia. (...) A personalidade poética de Savary é o que de mais forte vi nestes muitos e muitos anos. (...) Inconfundível marca pessoal, que é o mais difícil de ser encontrado num escritor de tal envergadura.

CARLOS DRUMMOND DE ANDRADE
Poeta e escritor (1955)

Olga Savary quer "inquietar as marés de silêncio das palavras"; quer ouvir somente a "voz do silêncio vagamente a sugerir teu nome"; quer correr livre no "templo selvagem onde o silêncio fala". (...)Daí, como agudamente observa Gullar, haver em Olga Savary "um misto de explosão e delicadeza, de desatino e recato, como se ela temesse, por falar alto, quebrar o encanto em que vive".

CASSIANO RICARDO
Poeta, São Paulo (1971)

Acostumada à concisão, sua poesia exercita, com formas breves, com metros curtos, a permanência — qualidade, aliás, que lhe permitiu dominar a estrutura do haicai, talvez avessa às peculiaridades do idioma. Ao estrear numa década violenta da história política do País, Olga Savary atravessou-a com a delicadeza da linha-d'água no papel, sem se permitir a poesia engajada: ela é, de fato, poeta dos elementos, das formas naturais, das pequenas elegias. Que sua poesia, passada a tormenta, ainda seja apreciada, é sinal de que algo (ou muito) escapou à sua absurda serenidade.

FELIPE FORTUNA
Poeta e crítico, Rio de Janeiro (1987)

Olga Savary é, assim, uma pessoa que está viva, às voltas com as contradições profundas da existência. E esta é, no meu entender, a marca verdadeira da poesia. Em Savary há um misto de explosão e delicadeza, de desatino e recato.

FERREIRA GULLAR
Poeta e crítico (1970)

Bashô ou Kikaku, os grandes mestres japoneses do hai-kai poderiam deleitar-se com o contraponto do hai-kai brasileiro de Olga Savary, que guarda a "inuberância" – para usar uma palavra rilkeana – do cânon milenar de dezessete pés métricos. Cada um caindo sobre nós, lapidado como um cristal, mas também vivo como uma gota de orvalho, na brevidade de sua expressão. Como uma gota de poesia.

GERARDO MELLO MOURÃO
Escritor e crítico

Poesia ecológica (...) das coisas mais brasileiras que eu já vi. O Brasil respira na poesia de O.S. Ora viva o Brasil através de Olga Savary !

GILBERTO FREYRE
Escritor (1979)

Savary (...) é rebeldia, miragem (...), puro requinte (...) a "brasileira russa-quase oriental" (...), que sabe dar coerência interna a seus poemas e engendrar em sua linguagem outro universo, mágico e real, porque mítico, fundador, ambíguo (...) como toda grande criação poética.

GILBERTO MENDONÇA TELES
Poeta,crítico e Prof. de Literatura Brasileira
da PUC-Pontifícia Universidade Católica (Rio de
Janeiro, 1994)

Olga Savary é o poeta destas pequenas e grandes descobertas que funcionam como achados de política existencial provisória. Nela não há definições permanentes: a pesquisa é constante. O estado de espírito lírico-filosófico será a sua circunstância fortuita, que a resgata do "prazer amargo de existir não existindo".

HÉLIO PÓLVORA
Rio de Janeiro, JORNAL DO BRASIL (7/4/1971)

(...) Exercício verbal extremamente ágil. (...) virtuosismo lingüístico praticado por quem obviamente conhece as possibilidades físicas da palavra escrita. (...) metáfora direta e audaciosa. (...) A poesia de Savary poderá vir a ocupar lugar análogo ao de Clarice Lispector na prosa. Savary também cria uma linguagem capaz de expressar estados de espírito que, geralmente, existem para além das palavras.

JOAQUIM-FRANCISCO COELHO
Poeta, professor e crítico
(in *Books Abroad Review*-EUA,1972.
Foi professor de literatura na Stanford University
e atualmente em Harvard University, EUA)

Mona Lisa de Copacabana (...), do mar e da poesia, ela sabe de um saber completo. (...) inteira em seu livro, em seu búzio, Olga Savary.

JORGE AMADO
Escritor (1979)

(...) aprendemos com Savary o abismo que compõe a superfície das coisas e o estado selvagem que habita o sagrado. (...) a nostalgia das coisas sagradas e primordiais, que ressoam em harmonia profunda com o Universo (...)

MARCO LUCHESI
Escritor, professor de literatura brasileira e italiana da UFRJ, crítico e ensaísta (1996)

(...) Olga Savary extrai do cotidiano prosaico uma quintessência poética pessoal: o tempo de um dia anônimo é equiparado a uma melodia adiada. Mas sobretudo o amor, a natureza, a tristeza, a solidão contemplativa inserem-se no tema maior, o Tempo, que angustia e condiciona essa poesia sóbria de expressão mas incisiva e de funda pregnância, com a brevidade fulminante de um haikai. Sem alardear sua melancolia autêntica, sem palavras pretensamente "poéticas" e altissonantes (...) a artista encontra na circunscrição severa dos termos o melhor de sua força lírica (...)

LEO GILSON RIBEIRO
São Paulo, JORNAL DA TARDE (4/2/1971)

Poeta que não tem pressa e que constrói, lenta e lucidamente, seu universo poético, Olga Savary, como criadora, define-se pelo difícil espírito de síntese que está na natureza da verdadeira poesia.

NELLY NOVAES COELHO
Crítica e ensaísta, Professora-Doutora de Literatura da USP/Universidade de São Paulo (1977)

(...) sua imaginação panorâmica (...), sedução dos abismos, arrebata tanto que a gente nem sente (gramaticalmente) as palavras que argamassam os versos.

RAUL BOPP
Poeta e crítico (1970)

A vasta obra savaryana honra o que já se fez de melhor e mais ousado (ousadia não na sua condição de rebeldia inconseqüente, mas no seu propósito de inovação, transformação de estruturas, revolução-revelação da/pela palavra) nesse campo. Porque não é poesia para um certo consumismo frugal ou submissão às leis editoriais, mas para ser lida, compreendida e incorporada por quem viva a plenitude de sua relação nada ortodoxa, nem fugaz ou despretensiosa, com a vida.

RONALDO CAGIANO
Escritor e crítico (1996)

Olga Savary, escritora, tradutora e jornalista, é considerada a grande dama da poesia brasileira. O reconhecimento veio através de mais de 30 prêmios nacionais de literatura, entre os quais 4 da ABL-Academia Brasileira de Letras e "Indicação ao Prêmio Machado de Assis para Conjunto de Obra", 3 "Jabuti da Câmara Brasileira do Livro", "Prêmio APCA", vários da UBE-SP e da UBE-RJ, nas áreas de poesia, contos, romance, crítica, ensaio, jornalismo literário, desenho e ilustração.

O GLOBO (Rio de Janeiro, 1995)

Hilda Hilst completa, com Marly de Oliveira e Olga Savary, uma trindade pouco conhecida: a das melhores poetas contemporâneas do Brasil.

Revista VEJA (11/7/1973)

ANIMA ANIMALIS
Voz de Bichos Brasileiros
Poemas: Olga Savary
Gravuras: Marcelo Frazão

ANIMA ANIMALIS
Voz de Bichos Brasileños
Poemas: Olga Savary
Grabados em xilo y metal: Marcelo Frazão
Traducción: Sergio de Agostino

ANIMA ANIMALIS
Voix des Animaux Brésiliens
Poèmes: Olga Savary
Gravures em xylo et métal: Marcelo Frazão
Traduction: Alda Porto

ANIMA ANIMALIS
Brasilian Eläinten Ääni
Runoja: Olga Savary
Kuvitus: Marcelo Frazão
Suomentanut: Hilkka Mäki

ANIMA ANIMALIS
Brazilian Beasts Voice
Poems: Olga Savary
Etchings in xylography and metal: Marcelo Frazão
Translation: Aurea Domenech and Marcos Santarrita

ANIMA ANIMALIS
Voce di Animali Brasiliani
Poesie: Olga Savary
Acquaforte: Marcelo Frazão
Traduzione: Agnese Purgatorio

CRONOLOGIA BIOBIBLIOGRÁFICA

OLGA SAVARY NASCEU EM BELÉM, PARÁ, 21 de maio de 1933, sob o signo de Gêmeos, às 8 horas da manhã, com ascendente em Gêmeos. No horóscopo chinês: Galo. Filha única de pai russo, engenheiro Bruno Savary, com ascendência francesa, alemã e sueca, e mãe brasileira, Célia Nobre de Almeida, paraense de Monte Alegre, de origem pernambucana e potiguar, descendente de portugueses e com uma bisavó indígena. Estudou em Belém, Fortaleza e Rio de Janeiro. Começou a escrever aos nove anos, em 1943, quando produziu um jornal artesanal, com poemas, textos e desenhos. Publicou muitos de seus poemas em jornais e revistas do Rio, Belém, Minas Gerais, São Paulo e outros estados, além do exterior, assinando alguns como Olenka. O primeiro livro, *Espelho provisório*, foi publicado pela Editora José Olympio em 1970, recebendo, em 1971, o Prêmio Jabuti da Câmara Brasileira do Livro, São Paulo.

Compositores de música erudita de vanguarda (como Aylton Escobar, Guilherme Bauer, Ricardo Tacuchian, Vânia Dantas Leite e Guerra-Peixe) usaram poemas de *Espelho provisório*, *Sumidouro*, *Altaonda* e *Magma*, em mais de setenta concertos e espetáculos, em teatros e salas de concertos do Rio e também no exterior, a partir de 1972, sob o patrocínio da FUNARTE e Departamento de Cultura do Rio de Janeiro.

Seus poemas foram utilizados como material de palestras e cursos de Literatura pelos professores Gilberto Mendonça Teles (PUC/RJ), Angélica Soares e Dalma Nascimento (UFRJ), Lucila Nogueira (UFPE), Marleine Paula Marcondes e Ferreira de Toledo (USP); Psicanálise (Wilson de Lyra Chebabi); e Astrologia (Martha Pires Ferreira), entre outros, no Brasil. E nos EUA, Europa e Ásia por professores brasileiros radicados e brasilianistas.

Olga Savary dirigiu o setor de Literatura da Casa do Estudante do Brasil, no Rio, a convite do Embaixador Paschoal Carlos Magno.

Colabora em quase todos os jornais e revistas do Brasil e do exterior como poeta, ficcionista, crítica, ensaísta, jornalista e tradutora.

Em suas atividades jornalísticas, iniciou a coluna As Dicas (notícias culturais, comentários e sugestões) no jornal *O Pasquim*, onde se manteve desde a fundação em 1969 a 1982, como fundadora, colaboradora, entrevistadora e tradutora. Exerce jornalismo literário há mais de cinqüenta anos, tendo recebido em 1987 o Prêmio Assis Chateaubriand da Academia Brasileira de Letras para a *Coletânea de artigos literários* publicados na imprensa com o livro *As margens e o centro*.

Integra antologias de poesia e conto no Brasil e no exterior.

Fez parte de júris (julgando letra) de vários Festivais de Canção Estudantil, a partir de 1972. Fez parte do júri dos carnavais de 1975, 1983, 1984, 1986, 1988 e 1990, julgando letra das Escolas de Samba do I Grupo, no Rio e em São Paulo. Participou do júri do Festival de Música Popular Brasileira 1980 da TV Globo. Fez parte do júri de vários concursos de poesia e conto.

Também participou de vários movimentos de poesia como Ex-Poesia 1 (PUC, RJ, 1973), Ex-Poesia 2 (Curitiba, Paraná, 1973), Poemação (Museu de Arte Moderna, RJ, 1974), sob organização do poeta e professor Affonso Romano de Sant'Anna.

Em 1975 foi escolhida Mulher do Ano em Literatura pelo jornal *O Globo*, Rio de Janeiro.

Poemas seus foram publicados em Buenos Aires (*Revista Crisis*), em Lisboa (Revista *Colóquio/Letras*), em jornais e revistas de Londres, Copenhague; nos Estados Unidos (*Poema Convidado* da Universidade de Georgetown, e Universidade de Indiana, a partir de 1973; na Revista *Via,* em 1977); na revista *Il Cavalo de Tróia* (Milão, Itália, 1982); em *Zerstreuung dês Alphabets* (Alemanha); Canadá e Japão.

Seu segundo livro *Sumidouro* (SP, Massao Ohno/João Farkas, 1977), foi escolhido Melhor Livro do Ano pelo *Jornal do Brasil* (RJ) e ganhou o Prêmio Poesia 1977 da Associação Paulista de Críticos de Arte (APCA).

Tradutora de mais de quarenta títulos dos principais escritores hispano-americanos, recebeu o Prêmio Odorico Mendes 1980 de Tradução, da Academia Brasileira de Letras, com *Conversa na catedral*, romance de Mário Vargas Llosa.

Participou da VI Bienal Internacional do Livro, em São Paulo, em 1980, no 1º Seminário de Literatura Brasileira.

Juntamente com José Wilker, Muniz Sodré, Roberto D'Ávila e Walter Clark, fez parte do I Debate Cultural, organizado por Gustavo Barbosa e promovido pela Fundação Calouste Gulbenkian/Soart e TV Educativa, no Rio, 1981.

Participou do Projeto Escritor 1981, realizando dois depoimentos como escritora na Biblioteca de Santana e na Biblioteca de Pinheiros, promovidos pela Secretaria Municipal da Cultura de São Paulo, sob a gestão do poeta Mário Chamie.

Altaonda (Edições Macunaíma/Massao Ohno, 1979), seu terceiro livro, recebeu o Prêmio Lupe Cotrim Garaude de Poesia 1981 da União Brasileira de Escritores de São Paulo.

No espetáculo *Fala Poesia* foram apresentados poemas da Autora, durante dois meses, no Teatro Brasileiro de Comédia, mais tarde levados em cinco bibliotecas e no Teatro Ruth Escobar, sob o patrocínio da Secretaria da Cultura de São Paulo, musicados por Déa Bertran, interpretados pelas atrizes Isadora de Faria e Núbia de Oliveira.

Mais doze compositores de música popular brasileira (Paulo Ciranda, Irinéa Maria, Rosa Passos, Mirabô, Flávio Pantoja, Madan, José Luiz Nogueira, Nosly, Gui Tavares, Flávio de Lira, Fred Martins e Antônio de Paula) musicaram poemas de Olga Savary.

Participou do I Festival da Mulher nas Artes, organizado por Ruth Escobar e pela Editora Abril em São Paulo, 1982.

Natureza viva: Uma seleta dos melhores poemas de Olga Savary é editado em 1982 pelas Edições Pirata, no Recife.

No mesmo ano sai *Magma* (Massao Ohno/Roswitha Kempf), saudado pela imprensa e pela crítica como o primeiro livro todo em temática erótica escrito por mulher no Brasil, Prêmio Olavo Bilac 1983 da Academia Brasileira de Letras.

Visando um benefício coletivo para escritores e tradutores – num esforço individual através de cartas à Prefeitura do Rio de Janeiro, de 1982 a 1984 – conseguiu abolir o imposto de ISS para as duas categorias.

Em 1984 foi eleita Membro Titular do PEN Clube do Brasil, associação de escritores ligada ao PEN Internacional/UNESCO.

Também em 1984 lança *Carne viva – I antologia brasileira de poesia erótica*, sob sua organização, reunindo 77 dos melhores poetas de todo o Brasil (Rio de Janeiro, Anima).

Abre a I Semana do Japão, proferindo a palestra : *Hai-kai, a poesia clássica japonesa*, no auditório da Associação Comercial do Rio de Janeiro, realizada pelo Consulado Geral do Japão, Câmara do Comércio e Indústria Japonesa, e Instituto Cultural Brasil-Japão.

Representou o Brasil no *Poetry International* 1985 de Roterdã, Holanda, importante congresso europeu de poesia, convidada (junto com João Cabral de Melo Neto, Ferreira Gullar e Lêdo Ivo, em homenagem à poesia de língua portuguesa e na primeira vez em que o Brasil foi convidado), sendo a única mulher entre a delegação portuguesa e brasileira. De volta apresentou-se no Restaurante Botanic, em duas noites de agosto, lendo vinte poemas dos que apresentou na Holanda em português e a correspondente tradução para o holandês feita pelo professor August Willemsen, da Universidade de Amsterdã.

Saturnal, poema seu musicado por Paulo Ciranda, é apresentado em vários shows e no projeto Pixinguinha, da Funarte, no Teatro Glauce Rocha e no Circo Voador, pela cantora e atriz paulista Maricene Costa, com um conjunto de músicos e de bailarinos, no Rio e em São Paulo.

Em agosto de 1986 lança *Hai-Kais* pinçados de seus livros anteriores e parte inédita (Roswitha Kempf Editores), prefácio de Gerardo Mello Mourão e capa de Sun Chia Shin, no Espaço Cultural Pasárgada (Casa de Manuel Bandeira), no Recife. Em seguida é homenageada, como Poeta do Ano, com a Caminhada Poética, projeto cultural do escritor Flávio Chaves, poetas e artistas dizendo seus poemas pelas ruas do centro da cidade do Recife, parando literalmente o trânsito durante duas horas, a convite da Fundarpe, Academia de Letras e Artes do Nordeste Brasileiro, União Brasileira de Escritores e Sindicato de Jornalistas.

Poema seu foi dito pela atriz Neila Tavares no espetáculo *Eu sou uma mulher*, no Bar O Viro do Ipiranga e no Centro Cultural Laura Alvim, no Rio de Janeiro, durante meses.

Em novembro/dezembro de 1986 participa do seminário Erotismo, Cinema e Psicanálise, com três psicanalistas da Letra Freudiana – Eduardo Vidal, Elizabeth Tolipan e Paula Becker –, a artista plástica Vilma Pasqualini, os cineastas Arnaldo Jabor, Nagisa Oshima e Roger Vadim, no III FestRio de Cinema do Rio de Janeiro, realizado no Hotel Nacional.

Ainda em dezembro faz a palestra Hai-Kai e Cultura Japonesa e é jurada do I Encontro de Hai-Kais, no Centro Cultural São Paulo, a convite da Fundação Japão e do jornal *Portal*, SP.

Em 1987 sai *Linha d'água* (SP/RJ, Massao Ohno/Hipocampo), prefácio de Felipe Fortuna e apresentação de Antonio Houaiss, com capa e ilustrações de Kazuo Wakabayashi.

Cria, com Virgínia Lombardi, o projeto *Ver Ouvindo* (gravações de livros em cassete para cegos, com livros seus e de outros autores, lançando-os na Biblioteca de Jacarepaguá, com atrizes interpretando os poemas: Maria Helena Dias, Martha Overback e Sonia Santos).

Em outubro faz parte do júri do II Encontro de Hai-Kais, no Centro Cultural São Paulo, julgando e apresentando poemas de poetas clássicos japoneses em tradução sua.

Em novembro recebe em Salvador o *Prêmio Nacional de Poesia Artur de Sales 1987 da Academia de Letras da Bahia*, por unanimidade do júri, entre centenas de concorrentes de todo o Brasil, com o livro inédito *Berço Esplêndido.*

Em dezembro, na ABI e no Espaço Cultural Sérgio Porto, é apresentada *Fotopoesia*, exposição de fotos de Ruy Lisboa com poemas de Olga Savary.

Recebe o *Prêmio Eugênia Sereno 1988* com o livro de contos inéditos *O olhar dourado do abismo* pelo Instituto de Estudos Valeparaibanos, Guaratinguetá, SP. No mesmo ano, este livro é premiado na Academia Brasileira de Letras. E na Associação Paraense de Escritores.

Convidada pela Bienal Nestlé de Cultura, em julho de 1988, profere palestra-depoimento sobre o tema Erotismo na Literatura e leitura de poemas seus.

Em maio de 1989 é homenageada pela Secretaria de Estado da Cultura – Museu de Literatura Casa Mário de Andrade, por 15 dias, por serviços prestados à cultura do País e 40 anos de ofício (com palestras, vídeos, depoimentos, recitais com o ator Felipe Martins e a atriz Isadora de Faria e duas exposições de desenhos sobre seu trabalho de Anídia Martins Rodrigues e Suely Regina Avelar). Concede entrevista a Jô Soares, no SBT.

Jurada do III Encontro Portal de Hai-kais, realizado no Centro Cultural São Paulo, faz palestra sobre poesia japonesa, com leitura de haikaístas japoneses e brasileiros. Participa do IV e V Encontro Portal de Hai-kais nos anos de 1988, 1989 e 1990, onde é homenageada como a primeira mulher a publicar hai-kais entre nós e a grande divulgadora da cultura japonesa no Brasil.

Em 1989 é editado *Retratos.*

Em 1991 é homenageada pela Fundação Biblioteca Nacional, RJ, gestão de Affonso Romano de Sant'Anna, com dramatização de poemas seus por atores da TV Globo (Ary Coslov, Dedina Bernardelli e Mayara Magri) e música (flautista Helder Parente) no Teatro do Texto.

Em 1992 lança a *Antologia da nova poesia brasileira*, organização sua, considerada pela imprensa e crítica a maior antologia feita no Brasil, com 334 poetas de todo o país, poesia social, edição do RioArte/Secretaria Municipal de Cultura da Prefeitura do Rio de Janeiro/Hipocampo.

Em 1994 é editada em antologia *Poesia da América Latina* (junto com Ferreira Gullar e Lêdo Ivo, entre apenas 18 poetas e dois prêmios Nobel: Pablo Neruda e Octavio Paz), na Holanda. Saem dois livros seus de poesia: *Rudá* e *Éden-Hades.* Participa da *Poesia 1994, 1995 e 1996*, série de palestras que dá em São Paulo, a convite da Secretaria Municipal de Cultura, sobre poesia brasileira e a sua própria.

Homenageada em 1995 com o título de Cidadão Benemérito do Estado do Rio de Janeiro, pelas mãos da escritora-deputada Heloneida Studart, na ALERJ – Assembléia Legislativa do RJ, no Plenário do Palácio Tiradentes, tendo como presidente Sérgio Cabral Filho. Onze atores e atrizes, e escritores, interpretam seus poemas no final da cerimônia, entre os quais Alessandra Hartkopf, Denise e Cairo Trindade, Salgado Maranhão, Sandra Barsotti e Zezé Polessa.

Em 1996 sai *Morte de Moema* (edição de arte). Participa, a convite da Secretaria Municipal de Cultura de SP, do Congresso Internacional de Literatura do Mercosul.

É Mulher do Ano 1996 pela Secretaria Municipal de Cultura e Departamento de Bibliotecas Públicas de São Paulo, gestão de Rodolfo Konder/Cláudio Willer, na Biblioteca Mário de Andrade, SP.

Em novembro de 1996, candidata-se pela primeira vez à ABL (Academia Brasileria de Letras), obtendo expressiva votação dos escritores da entidade.

Em 1997 é editado seu primeiro livro de contos: *O Olhar dourado do abismo*.

Da década de 80 até 1997 saem vários discos e CDs com poemas de Savary, musicados por Vânia Dantas Leite, Flávio Pantoja, César Guerra-Peixe, Madan, entre os 40 compositores de música erudita e da MPB que musicaram sua obra.

Faz parte do Instituto Brasileiro de Cultura Hispânica. É membro titular da Comissão da Liberdade de Imprensa e Direitos Humanos da Associação Brasileira de Imprensa.

Eleita presidente do Sindicato dos Escritores do Estado do Rio de Janeiro/Casa de Cultura Lima Barreto/Teatro TESE, primeira mulher na presidência, de 1997 a 1998. Todos esses títulos são honoríficos, pois estas entidades culturais são de utilidade pública e não visam fins lucrativos.

Repertório selvagem – obra reunida (12 livros de poesia), editada em 1998 pela Biblioteca Nacional/Universidade de Mogi das Cruzes/MultiMais, recebe indicação para Prêmio Machado de Assis/Conjunto de Obra 1997 pela Academia Brasileira de Letras.

1999. Dois livros sobre sua obra são publicados: *A voz das águas – Uma interpretação do universo poético de Olga Savary*, da professora da USP e ensaísta Marleine Paula Marcondes e Ferreira de Toledo (Lisboa, Ed. Colibri/ Faculdade de Letras da Universidade de Coimbra/Universidade da Cidade de São Paulo. Prêmio APCA para Ensaio-2000, entregue no Teatro Municipal de São Paulo) e *A paixão emancipatória*, da professora da Universidade Federal do Rio de Janeiro (UFRJ), Angélica Soares (Rio de Janeiro, Difel, ensaio).

Como único brasileiro convidado, participa do Congresso Internacional Poesia em Lisboa 2000, em maio, no qual o governo de Portugal publica poemas de Savary em edição bilíngüe (português e francês) e uma antologia com poemas e fotos dos participantes (quatro poetas portugueses e 12 de outros países, entre os quais Brasil, Alemanha, China, Espanha, França, Inglaterra, Itália).

Patrona do III Concurso Nacional do jornal *Poesia Viva* – Prêmios Olga Savary 2000.

2001. Com 19 livros publicados, tem mais 15 no prelo e a sair (poesia, conto, romance, crítica, ensaio e jornalismo literário), somando agora 40 prêmios nacionais de literatura.

Aníbal Machado, Carlos Drummond de Andrade, Marlos Nobre, Murilo Mendes, Sylvio Meira, Virgínio Santa Rosa, entre outros, são intelectuais dos quais se orgulha de ser parente. E por casamento, fazendo parte da família de Sérgio de Magalhães Gomes Jaguaribe, também ficou parente (e amiga) de Rachel de Queiroz, Pedro Nava e José de Alencar.

Eleita Mulher do Ano 2001 na área de Cultura pela entidade japonesa Sokka Gakai Internacional/UNESCO.

Lança na Bienal do Livro, maio de 2001, no Rio, *O olhar dourado do abismo: contos de paixão e espanto*, pela Bertrand Brasil/Biblioteca Nacional; 2ª ed. 2003, com o MEC.

Berço esplêndido, seu 18º livro, poesia, RJ, Palavra & Imagem, celebra a extrema brasilidade de Savary, onde canta a raiz amazônica de sua Belém, do seu Brasil.

No final de 2001 é publicada sua antologia *Poesia do Grão-Pará*, que lhe ocupou 50 anos de pesquisa e coleta de material desde a adolescência, onde inclui 117 poetas, cobrindo mais de 200 anos de poesia da Amazônia. Encomendada pelo prefeito de Belém, Edmilson Rodrigues, a antologia é editada no Rio de Janeiro pela Graphia (526 p.). Apresentada por Benedito Nunes, que foi professor de filosofia de Savary. O jornalista e crítico Rodrigo de Souza Leão escreve longa crítica sobre esse livro, o qual foi agraciado com o Prêmio Nacional UBE/RJ para Antologia na Academia Brasileira de Letras.

2002. No *Dicionário Crítico de Escritoras Brasileiras*, da professora da USP Nelly Novaes Coelho, é contemplada com três páginas.

2003. A professora e ensaísta Olga de Sá, diretora da FATEA (Faculdades Integradas Teresa D'Ávila – Lorena SP) e da pós-graduação da

PUC/SP, organiza um número especial da revista *Ângulo* sobre Savary em homenagem a seus 70 anos.

2004. A obra de OS é objeto de teses de mestrado e doutorado na Universidade Federal do Rio de Janeiro e outras, entre as quais *O erotismo na produção poética de Olga Savary* (Doutorado da professora Claudia Pastore, defendido na USP).

No Memorial da América Latina, em São Paulo, de 11 a 17 de setembro, é convidada a participar da mesa redonda com Thiago de Mello, José Mindlin, Carlos Nejar e atores, fazendo também parte de jogral que declama poemas de Neruda, no evento "Centenário Pablo Neruda".

Em novembro, ministra palestra sobre Pablo Neruda, no evento "100 anos de Neruda" da Universidade Federal do Rio de Janeiro (UFRJ), para professores e alunos de Letras, como principal tradutora do poeta chileno no Brasil.

Participa como palestrante em vários congressos de Literatura Brasileira nos estados do Ceará, Minas Gerais, Pernambuco, Piauí etc.

2005. Baseada na obra poética reunida de OS, a professora italiana Maria Longobardi apresenta a Tese de Doutora *Olga Savary: Repertório Selvagem*, orientada pelo professor de Roma Giovanni Ricciardi, na Faculta di Lingue e Letterature Estraniere da Università, degli Studi di Napoli "L'orientale", em Nápoles, Itália.

2007. *Berço Esplêndido* recebe, em maio, o Prêmio Internacional Brasil-América Hispânica. E, em outubro, recebe sua 40ª premiação: 1° lugar no Concurso Josué Montello para Romance Inédito (*Paraíso*, título provisório, escrito há 20 anos) da União Brasileira de Escritores/RJ, na Academia Brasileira de Letras.

2008. É publicado seu 19° livro *Anima Animalis – Voz de Bichos Brasileiros*, poesia, com os poemas traduzidos para cinco idiomas: espanhol, finlandês, francês, inglês e italiano. Edição de arte pelas Edições LetraSelvagem, com gravuras de Marcelo Frazão.

Obras da autora

A – POESIA

Espelho provisório. Poesia. Rio de Janeiro, José Olympio, 1970. Prefácio de Ferreira Gullar. Capa e frontispício: retratos da Autora por Carlos Scliar. Prêmio Jabuti 1970 da Câmara Brasileira do Livro. Esgotado.

Sumidouro. Poesia. São Paulo, Massao Ohno/João Farkas, 1977. Estudo de Nelly Novaes Coelho. Capa e desenhos de Aldemir Martins. Escolhido Melhor Livro de Poesia do Ano pelo *Jornal do Brasil* (RJ). Prêmio de Poesia 1977 da APCA – Associação Paulista de Críticos de Arte. Esgotado.

Altaonda. Poesia. Salvador/SP, Macunaíma/Massao Ohno, 1979. Prefácio de Jorge Amado. Xilogravuras de Calasans Neto. Prêmio de Poesia Lupe Cotrim Garaude 1981 da União Brasileira de Escritores de São Paulo. Esgotado.

Magma. Poesia erótica. SP, Massao Ohno/Roswitha Kempf, 1982. Prefácio de Antonio Houaiss. Capa de Tomie Ohtake. Prêmio Olavo Bilac 1983 da Academia Brasileira de Letras. Esgotado.

Hai-kais. Poesia. SP, Roswitha Kempf, 1986. Prefácio de Gerardo Mello Mourão. Capa de Sun Chia Chin. Esgotado.

Linha d'água. Poesia. SP/RJ, Massao Ohno/Hipocampo, 1987. Prefácio de Felipe Fortuna, apresentação de Antonio Houaiss, capa e desenhos de Kazuo Wakahayashi. Esgotado.

Retratos. Poesia. SP, Massao Ohno, 1989. Estudo de Dalma Nascimento. Capa de Wakabayashi. Desenhos de Matisse. Esgotado.

Rudá. Poesia. RJ, Ed. UERJ, 1994. Prefácio de Gilberto Mendonça Telles. Esgotado.

Éden hades. SP, Massao Ohno, 1994. Prefácio de Olga de Sá e apresentação de Marília Beatriz de Figueiredo Leite. Capa de Guita Charifker. Esgotado.

Morte de Moema. (Livro de arte). Poesia. RJ, Impressões do Brasil, 1996. Prefácio de Marco Lucchesi. Xilogravura original de Marcos Varela. Esgotado.

Berço esplêndido. Poesia. Prêmio Nacional de Poesia Inédita 1987 da Academia de Letras da Bahia. RJ, Palavra & Imagem, 2001. Prefácio de Fábio Lucas. Orelhas do parecer do Prêmio por Alphonsus de Guimaraens Filho, Lêdo Ivo e Myriam Fraga. Prêmio Cecília Meireles 2002 da UBE/RJ. Prêmio Internacional Brasil-América Hispânica, 2007.

Anima animalis – voz de bichos brasileiros. Poesia. Prefácio de Christina Ramalho. Apresentação de Jorge Wanderley. Gravuras em madeira e metal de Marcelo Frazão. Caraguatatuba-SP, LetraSelvagem, 2008.

B – CONTO

O olhar dourado do abismo. RJ, Impressões do Brasil. 1997. Prefácio de Dias Gomes. Capa e xilogravuras de Rubem Grilo. Esgotado. Prêmio Projeto Orpheu para Inédito 1997 da UBE/RJ.

O olhar dourado do abismo: contos de paixão e espanto. RJ, Bertrand Brasil, 2001. Prefácio de Dias Gomes. Orelhas de Ítalo Moriconi. Xilogravuras de Rubem Grilo; 2ª ed. 2003.

Pequenas mortes. Contos. No prelo.

C – SELETA

Natureza viva: uma seleta dos melhores poemas de Olga Savary. Poesia. Recife, Edições Pirata, 1982. Prefácio de Ferreira Gullar. Capa de Pedro Savary. Retrato da Autora por Guita Charifker. Esgotado.

D – OBRA REUNIDA

Repertório selvagem – obra poética reunida (12 livros de poesia). Poesia. RJ, Fundação Biblioteca Nacional/Universidade de Mogi das Cruzes/MultiMais Editorial, 1998. Prefácio de Antonio Olinto. Prefácios e orelhas dos livros anteriores da Autora. Prêmio Fernando Pessoa de Poesia – Hors Concours 2000 da UBE/RJ.

E – OBRA TRADUZIDA

Avond van de portuguese em braziliaanse poësie: Olga Savary. Tradução de August Willemsen. Roterdã-Holanda, Poetry International, 1985.

Anima animalis (Voix des animaux brésiliens). Poesia. Ed. bilíngüe (tradução ao francês de Alda Porto). Lisboa, PEN Português, maio 2000.

F – JORNALISMO LITERÁRIO, CRÍTICA E ENSAIO

As Margens e o centro. Jornalismo literário. Prêmio Assis Chateaubriand 1987 da Academia Brasileira de Letras. RJ. No prelo.

Ladrão de Alma. A sair.

Mão no Fogo. A sair.

Asas. A sair.

G – INFANTO-JUVENIS

Quem tudo quer... vira arco-íris. A sair. Prêmio Adolfo Aizen para Inédito 1997 da UBE/RJ.

Alegria de viver. A sair.

H – PALESTRA

Campo minado da sedução: casamento erótico do cinema com a literatura. Debate sobre erotismo/cinema/psicanálise/literatura. RJ, FestRio, 1986.

Petrópolis e o pensamento: Raul de Leoni. Palestra sobre cultura brasileira. RJ, Prefeitura Municipal de Petrópolis/Fundação Cultural de Petrópolis, 1996.

I – ANTOLOGIAS ORGANIZADAS PELA AUTORA

Carne viva – I antologia brasileira de poesia erótica. Poesia. RJ, Anima, 1984. (Com 77 poetas de todo o Brasil).

Antologia da nova poesia brasileira. Poesia. RJ, RioArte/Secretaria Municipal de Cultura/Prefeitura da Cidade do Rio de Janeiro/Hipocampo, 1992 (saudada pela imprensa e crítica como a maior antologia poética editada no País, reunindo 334 poetas de todos os estados brasileiros, em temática social sobre os *anos de chumbo* da ditadura no Brasil pós 1964). Prêmio Alejandro José Cabassa para Antologia 1993 da UBE/RJ.

Poesia do Grão-Pará. (Do século XVIII ao XXI). RJ, Prefeitura de Belém/ Graphia, 2001. Prêmio UBE/RJ 2004 para Antologia.

Hai-kais brasileiros. Poesia. A sair.

Terra do Brasil. Poesia. A sair.

Mar do Brasil. Poesia. A sair.

Guia de escritores. A sair.

Conto da Amazônia. A sair.

Poesia da Bahia. A sair.

Poesia do Ceará. A sair.

Poesia de Minas Gerais. A sair.

Poesia do Pernambuco. A sair.

Erótica brasileira. A sair.

J – CURADORIA DE TEXTO

Agenda primavera de poesia, curadoria de texto e tradução de Olga Savary (com hai-kais de Abel Pereira, Bashô, Buson, Issa, João das Neves, Lêdo

Ivo, Olga Savary, Pedro Xisto e outros). SP, H. Stern/Fundação Mokiti Okada/Ipanema 2000 Cultural/Massao Ohno, 1988.

K – PARTICIPAÇÃO EM LIVROS DE ARTE

Paz (Poesia e prosa, edição de arte trilíngüe: português, inglês e espanhol – quarenta poetas e escritores, ilustrados por sessenta artistas plásticos). RJ, Fundação Cultural Banco do Brasil/Spala, 1989.

Intimidades transvistas, organizada por Valdir Rocha e Raimundo Gadelha. Poesia. Livro de arte). SP, Escrituras, 1997.

Fui eu (uma pintura de Valdir Rocha com poemas de 41 poetas), organizada por Eunice Arruda. SP, Escrituras, 1998.

Poesia em Lisboa 2000 (16 poetas). Lisboa, Portugal, Casa Fernando Pessoa/ PEN Português, 2000.

L – PARTICIPAÇÃO EM ANTOLOGIAS DE POESIA EDITADAS NO BRASIL

Voces femeninas de la poesia brasileña, organizada por Adovaldo Fernandes Sampaio. Poesia. Goiânia, Oriente, 1979 (para distribuição na América Latina).

Palavra de mulher, organizada por Maria de Lourdes Hortas. Poesia, RJ, Fontana, 1979.

Ensaio IV, pelo Grupo Poeco – Só poesia. SP, 1980.

Te quero verde: poesia & consciência ecológica, organizada e editada por Patrícia Kranz e Afonso Henriques Neto. Poesia. RJ, 1982.

Presença poética do Recife, organizada por Edilberto Coutinho. Crítica e antologia poética. RJ, José Olympio/Fundarpe, 1983.

Poetas contemporâneos, organizada por Henrique L. Alves. Poesia. SP, Roswitha Kempf, 1985.

Ave vinho – vencedores do 4º Concurso Nacional de Poesia Sobre o Vinho. Caxias do Sul-RS, EDUCS, 1989.

Mulheres (in) versos, organizada por Helena Rocha (colaboração de Maria Helena Kühner, Maria Lúcia Lima e Rachel Gutierrez). Poesia. SP, Massao Ohno, 1990.

100 haicaístas brasileiros, organizada por Roberto Saito, H. Masuda Goga e Francisco Handa. Poesia. SP, Aliança Cultural Brasil-Japão/Massao Ohno, 1990.

De amar e amor, organizada e ilustrada por José Solé e Carlos Nejar. Poesia. Vitória-ES, Fundação Ceciliano Abel de Almeida, 1992.

Antologia do haicai latino-americano, organizada por Humberto Senegal. H. Masuda Goga, Roberto Saito e Francisco Handa. Poesia. SP, Aliança Cultural Brasil-Japão/Massao Ohao, 1993.

Poemas fora da ordem/prêmio Caetano Veloso. Poesia. Salvador-Bahia, STIEP/AEPET/Sindiquímica/Fundação Gregório de Mattos, 1993.

Alma gentil/ novos sonetos de amor, organizada por Nilto Maciel. Poesia. Brasília-DF, Códice, 1994.

Sincretismo – a poesia da geração 60, organizada por Pedro Lyra e Verônica de Aragão. Poesia. RJ, Topbooks/Fundação Cultural de Fortaleza/Fundação RioArte, 1995.

Anjos poéticos, organizada por Álvaro Alves de Faria. Poesia. SP, Nova Alexandria, 1995.

Antologia poética de Ouro Preto, organizada por Jusberto Cardoso Filho. Poesia. Ouro Preto-MG, Ed. Autor, 1995.

Poesia viva nº 2, organizada por Leda Miranda Hühne. Poesia. RJ, UAPÊ, 1996.

Poetismo brasileiro, organizada por Néa Tauil. Poesia. SP, ABNL Editora, 1997.

41 Poetas do Rio, organizada por Moacyr Félix. RJ, Fundarte, 1998.

Águas dos trópicos, organizada por Beatriz Alcântara e Lourdes Sarmento. Fortaleza/Recife, Secult do Ceará/Bagaço, 2000.

Naturaleza – imagens e versos, organizada por Leda Miranda Hühne e Hans Hühne. Poesia e fotografias. RJ, UAPÊ, 2000.

100 anos de Poesia: um panorama da poesia brasileira no século XX, organizada por Claufe Rodrigues e Alexandra Maia. RJ, O Verso Edições, 2001.

Santa poesia, organizada por Cleide Barcelos. RJ, Casarão Hermê, 2001.

Os cem melhores poemas brasileiros do século, organizada por Ítalo Moriconi. RJ, Objetiva, 2001.

Fauna e flora nos trópicos, organizada por Betariz Alcântara e Lourdes Sarmento. Fortaleza – CE, Secretaria da Cultura e Desporto do Estado do Ceará, SECULT, 2002.

Antologia comentada da Literatura Brasileira. Poesia e Prosa, de Magaly Trindade Gonçalves, Zélia Thomaz de Aquino e Zina C. Bellodi. Petrópolis, Vozes, 2006.

M – PARTICIPAÇÃO EM ANTOLOGIAS DE CONTO EDITADAS NO BRASIL

Ah King Kong – Conto selecionado finalista no Concurso Anual de Literatura da revista *Status* e publicado em *34 contos Eróticos*. SP, Status, 1977.

Erotismo no conto brasileiro, organizada por Edilberto Coutinho. Contos. RJ, Civilização Brasileira, 1980.

Muito prazer – contos eróticos femininos, organizada por Márcia Denser. Contos. RJ, Record, 1982.

O prazer é todo meu – contos eróticos femininos, organizada por Márcia Denser. Contos. RJ, Record, 1984.

Quer que eu te conte um conto?, organizada por Vicente de Percia. Contos. RJ, Achiamé, 1984.

Histórias de amor infeliz, organizada por Esdras do Nascimento. Contos. RJ, Nórdica, 1985.

Contos Rosário Fusco/poesia Ascânio Lopes (selecionados no I Concurso Nacional de Contos Rosário Fusco e I Concurso Nacional de Poesia Ascânio Lopes), organizada pela Secretaria Municipal de Cultura/Prefeitura Municipal de Cataguases – MG. Conto e poesia. Cataguases, 1985.

Memórias de Hollywood, organizada por Julieta de Godoy Ladeira. Contos. SP, Nobel, 1988.

Os cem melhores contos brasileiros do século (de 1900 a 2000), organizada por Ítalo Moriconi. RJ, Objetiva, 2000.

Vinte ficções breves (Veinte ficciones breves) – Antologia de contos argentinos e brasileiros contemporâneos, organizada por Violeta Wenschelbaum. Ed. Bilíngüe. Brasília, DF, UNESCO no Brasil, 2002, 2ª ed. 2003.

Contos de escritoras brasileiras, seleção e org. de Lúcia Helena Vianna e Márcia Lígia Guidin. SP, Martins Fontes, 2003.

Todos os sentidos, org. de Cyana Leahy. RJ, CL/ZIT, 2003; 2ª ed. 2004. Prêmio UBE/RJ 2004.

No último desejo a carne é fria, org. de Josette Lassance. Belém, Israel Gutemberg, 2005 (conto "Canibal").

Histórias de amor infiel, org. por Esdras do Nascimento. Contos. A sair.

N – PARTICIPAÇÃO EM ANTOLOGIAS EDITADAS NO EXTERIOR

Las voces solidarias (Antologia bilíngüe de la poesia brasileña contemporânea), organizada e traduzida por Santiago Kovadloff. Poesia. Buenos Aires-Argentina, Calicanto, 1978.

Antologia da novíssima poesia brasileira, organizada por Gramiro de Matos e Manuel de Seabra. Poesia. Lisboa-Portugal, Livros Horizonte, 1981.

Il Cavalo di Troia, organizada e traduzida por Adelina Aletti, Antonio Tabucchi e outros. Poesia e prosa. Milão-Itália, Intrapresa, 1982.

Poetry International 1985. Poesia. Roterdã-Holanda, Rotterdamse

Kunststichting, 1985. Traduzida por August Willensen.

Hymne aan de nascht (Hino à noite). Poesia. Roterdã-Holanda, Rotterdamse Kunststichting, 1985. Traduzida por August Willensen.

Renga. Poesia. Roterdã-Holanda, Rotterdamse Kunststichting, 1985.

Zerstreuung des alphabets, organizada por Gregor Laschen. Poesia. Alemanha, Die Horen, 1986.

Trois (Conto: *Le regard doré de l'abime*, traduzido por Claire Varin). Conto e poesia. Montreal, Québec – Canadá, Conseil des Arts du Canada/ Ministère des Affaires Culturelles du Québec, 1988.

Poesia. Poema traduzido por Mitsuko Kawai. Tóquio-Japão, 1989.

Puro cuento (conto: *La mirada dorada del abismo*, traducido por Agustina Roca). Buenos Aires-Argentina, Puro Cuento S. R. L.

Proto. Poesia e prosa (entrevista e tradução de poemas por Agnese Purgatório). Bari-Itália, Proto, 1990.

Poësie is een gebaar – Latijns Amerika (poesia da América Latina/18 poetas). Roterdã-Holanda, Poetry International, 1994.

Poeti brasiliani contemporanei, organizada por Sílvio Castro. Poesia. Venezia/ Padova-Itália, Universitá di Padova, 1997.

Poésie diu Brésil, organizada por Lourdes Sarmento. Poesia. Paris-França, Vericuetos, 1997.

Modernismo brasileiro und die brasilianische Lyrik. Der Gegenwart, Herausgegeben von Curt Meyer-Clason. Berlim-Alemanha, Druckhaus Galrev, 1997.

Anto. Amarante-Portugal, Edições do Tâmega. Apoio do Ministério da Cultura de Portugal, Instituto Português do Livro e das Bibliotecas, Câmara Municipal de Amarante. Nº 3, 1998.

Brasil 2000: Antologia de Poesia Contemporânea Brasileira (40 poetas), organizada por Álvaro Alves de Faria. Coimbra-Portugal, Alma Azul, 2000.

Scrittori Brasiliani, organizada por Giovanni Ricciardi. Poesia e prosa. Nápoles-Itália, Tullio Pironti Editore, 2003.

Bajo el signo de venus, organizada por John Tolman e Gustavo Sainz. Contos. México. A sair.

O – DEPOIMENTOS EM LIVROS DE LÍNGUA PORTUGUESA

Aqui Rio, de Wanda Figueiredo. Jornalismo (Gente. Depoimentos sobre o Rio de Janeiro). RJ, Ed. da Autora, 1973.

Escritores brasileiros ao vivo – Entrevistas com 35 dos maiores brasileiros de hoje, de Danilo Comes. *Olga Savary: "A poesia se alimenta de enigmas".* Belo Horizonte, Ed. Comunicação/INL/MEC, 1980.

Palavra puxa palavra (Entrevistas), de José Afrânio Moreira Duarte. SP, Editora do Escritor, 1982.

Palavra de poeta, de Denira Rozário. Entrevistas ("Não há civilização sem poesia", biobibliografia e antologia de poemas. 20 autores: Carlos Drummond de Andrade, João Cabral e outros). Prêmios Assis Chateaubriand da ABL. RJ, José Olympio, 1989.

Auto-retratos, do Prof. Giovanni Ricciardi (da Universidade de Roma e de Bari-Itália). Entrevistas com 23 escritores contemporâneos: Affonso Romano de Sant'Anna, Antonio Callado, Autran Dourado, Carlos Nejar, Cyro dos Anjos, Ferreira Gullar, Gilberto Mendonça Teles, João Cabral de Melo Neto, João Ubaldo Ribeiro, Jorge Amado, José J. Veiga, Josué Montello, Lêdo Ivo, Lygia Fagundes Teles, Manoel de Barros, Mário Quintana, Murilo Rubião, Nélida Piñon, Olga Savary, Oswaldo França Júnior e Rachel de Queiroz. SP, Martins Fontes, 1991.

O bazar de Gutemberg, de Roberto Kenard. Entrevistas e crítica. São Luís-Maranhão, EDUFMA, 1993.

Os sapatos de Orfeu: biografia de Carlos Drummond de Andrade, de José Maria Cançado. SP, Página Aberta, 1993.

Brasil: receitas de criar e cozinhar. Organizada por Patrícia Bins e Dileta Silveira Martins. RJ, Bertrand Brasil, 1998.

A inspiração espiritual na criação artística, organizada por Cristina da Costa Pereira. Niterói-RJ, Lachâtre, 1999.

Palavra de mulher, org. de Álvaro Alves de Faria. Entrevistas com 20 escritoras contemporâneas. SP, Ed. Senac São Paulo, 2003 (anteriormente publicada em página dupla e foto, na *Revista Caros Amigos*, nº 25. São Paulo, 1999).

P – DEPOIMENTOS EM LIVROS DE LÍNGUA ESTRANGEIRA

Clarice Lispector: reencontres brésiliennes, de Claire Varin. Québec-Canadá, 1987.

Q – PERSONAGEM EM LIVRO

O segredo do museu imperial, de Stella Carr. Literatura infanto-juvenil. SP, Pioneira, 1981. (Personagens reais na história: Olga Savary, Aldemir Martins, Laura Sandroni, Nelly Novaes Coelho, Paulo Condini, Paulo Medeiros e Albuquerque).

Histórias de Ventania, de Eliane Fonseca. Ficção. SP, Massao Ohno, 1990. (Personagem anagramática: Olga do Lago).

Órfão da tempestade, de Jason Tércio. RJ, Objetiva, 1999.
Ela é carioca (uma enciclopédia de Ipanema), de Ruy Castro. SP, Companhia das Letras, 1999.

R – BIOBIBLIOGRAFIA E VERBETE DA AUTORA EM DICIONÁRIOS, ENCICLOPÉDIAS, GUIAS, ETC.

Dicionário de escritores, organizado pelo prof. Afrânio Coutinho. RJ, MEC, 1988.
Dicionário de poetas contemporâneos, organizado pelo prof. Francisco Igreja. RJ, Oficina Letras & Artes, 1988; 2ª edição pela Oficina Cadernos de Poesia, 1991.
Enciclopédia de literatura brasileira, de Afrânio Coutinho e J. Galante de Sousa (Coordenação de Graça Coutinho e Rita Moutinho). São Paulo,Global Editora/Fundação Biblioteca Nacional/DNL/Academia Brasileira de Letras, 2001.
Dicionário crítico de escritoras brasileiras (1711-2001), de Nelly Novaes Coelho. SP, Escrituras, 2002.
Agenda permanente da literatura brasileira. RJ, Fundação Biblioteca Nacional, 1993.
Guia dos escritores brasileiros, organizado por Néa Tauil, Lindalva Medeiros e Rúbia Matos. SP, ABNL Editora, 1997.
Guia de escritoras da Literatura Brasileira, de Luiza Lobo. RJ, EdUERJ, 2006.
Dicionário biobibliográfico de escritores contemporâneos do Estado do Rio de Janeiro. RJ, Edição Casa da Cultura Lima Barreto/Sindicato dos Escritores do Estado do Rio de Janeiro, 1997.
Enciclopédia e dicionário ilustrado Koogan/Houaiss, organizado por Antônio Houaiss. RJ, Delta, 1997.
Dicionário de mulheres, de Hilda Hübner Flores. Porto Alegre, Nova Dimensão, 1999.

S – LIVROS SOBRE A AUTORA

SOARES, Angélica. *A paixão emancipatória: vozes femininas da liberação do erotismo na poesia brasileira.* Ensaio. RJ, Difel, 1999.
TOLEDO, Marleine Paula Marcondes e Ferreira de. *A voz das águas: uma interpretação do universo poético de Olga Savary.* Ensaio. SP/Lisboa/Coimbra, Colibri/Faculdade de Letras da Universidade de Coimbra/Universidade Cidade de São Paulo, 1999. Prêmio APCA para Ensaio 2000.

_____. *Olga Savary – erotismo e paixão*. Ensaio. SP, Ateliê, 2008.
NOGUEIRA, Lucila. *Poesia traduzida de Olga Savary*. UFPE, Recife, a sair.

T – CITAÇÕES SOBRE A AUTORA EM LIVROS

AZEVEDO FILHO, Leodegário A. de. *Modernismo. Curso de literatura brasileira – 2° grau vestibular*. RJ, Nova Cultural, 1975.
CAGIANO, Ronaldo. in: *Prismas – literatura e outros temas (Alquimia e leveza na lavratura poética de Olga Savary*; e *Rudá e a consciência da linguagem)*. Brasília, Thesaurus/Fundação Ormeo Junqueira Botelho, 1998.
CEGALLA, Domingos Pascoal. Poema "Construção". *Português fundamental: 8ª série do ensino de 1° grau*. SP, Companhia Editora Nacional, 1974.
COELHO, Nelly Novaes. "A ruptura do convencional e a sinestesia", in *Literatura e linguagem*. RJ, José Olympio, 1974.
______. *Literatura & Linguagem: introdução aos cursos de letras, comunicação, artes e ciências humanas*. Crítica e Ensaio. SP, Quíron, 1974. Prêmio Jabuti da Câmara Brasileira do Livro.
______. *A Literatura Feminina no Brasil Contemporâneo*. Ensaio ("Tempo/espaço na poesia de Olga Savary"). SP, Siciliano, 1993.
FONSECA, Eliane. *A palavra in-sensata: poesia e psicanálise*. Ensaio. SP, Escuta/Plethos, 1993.
FORTUNA, Felipe. *A escola da sedução (As formas da água)*. Ensaios sobre poesia brasileira. Porto Alegre-RS, Artes e Ofícios, 1991.
FREITAS FILHO, Armando. *Poesia Vírgula Viva*. Coleção Anos 70 – Literatura. RJ, Europa, 1979-1980.
GOMES, Danilo. *Escritores brasileiros ao vivo*, vol. II. Belo Horizonte/DF, Comunicação/INL, 1980.
GULLAR, Ferreira. *Prefácio a espelho provisório*. RJ, José Olympio, 1970.
JUNQUEIRA, Ivan. *A sombra de Orfeu (Cecília? Não, Olga)*. Ensaio. RJ, Nórdica, 1984.
______. *O encantador de serpentes (Intertextualismo e poesia contemporâneo)*. Ensaio. RJ, Alhambra, 1987.
LEITE, Luiza Barreto. *Algumas experiências teórico-práticas. Teatro e criatividade*. RJ, MEC/SNT, 1975.
LEONAM, Carlos. *Os degraus de Ipanema*. RJ, Record, 1997.
LINHARES, Temístocles. *Um punhado de poetas. Diálogos sobre a poesia brasileira*. SP/DF, Melhoramentos/MEC, 1976.
LYRA, Pedro. *O real no poético (Uma poesia arqueológica)*. Jornalismo Literário. RJ, INL/Pró-Memória/MINC/Cátedra, 1986.

LUSTOSA, Maria Rita de Lima. *Quarta-feira do ano passado*. Memórias. RJ, INL/MEC/Presença, 1977.

MARTINS, Mário Ribeiro. *Dicionário bibliográfico de Goiás*. RJ, Master, 1999.

MERQUIOR, José Guilherme. *Poesia brasileira hoje* (Musa morena moça: notas sobre a nova poesia brasileira). Crítica literária. RJ, Tempo Brasileiro, 1975.

______. *Musa morena moça: notas sobre a nova poesia brasileira. O Fantasma romântico e outros ensaios*. RJ, Vozes, 1980.

NICOLA, José de. *Gramática da palavra, da frase, do texto*. Gramática (Ensino médio). SP, Scipione, 2004.

SECCHIN, Antonio Carlos. *Poesia e desordem*. Ensaios sobre poesia. RJ, Topbooks, 1996.

SENNA, Homero. *História de uma confraria literária: o Sabadoyle*. Reportagem em livro. RJ, Xerox do Brasil, 1985.

TELES, Gilberto Mendonça. *A variante lírica. Camões e a poesia brasileira*. Brasília, MEC, 1973; 2ª edição, 1989.

VASCONCELOS, Maurício Salles. *Visita de Mallarmé a Brasília (Discurso e imagem na poesia atual)*. RJ, Tempo Brasileiro, 1982.

VERÇOSA, Carlos. *Oku: Viajando com Bashô*. Ensaio. Salvador-BA, Secretaria de Cultura do Estado da Bahia/Fundação Cultural do Estado da Bahia/EGBA, 1995.

VIGGIANO, Alan. *Dossiê grupo dos sete: Os povos e países de língua portuguesa* (II Congresso de Escritores de Língua Portuguesa). Brasília, André Quicé, 1994.

U – TRADUÇÕES DE LIVROS

Ainda (Aún), de Pablo Neruda. Poesia. RJ, José Olympio, 1975. Várias edições.

Confesso que Vivi (Confieso que he vivido), de Pablo Neruda. Memórias. RJ, Difel, 1977. Várias edições.

Poemas do Rio (Poemas del Rio), de Nahuel Santana. Poesia. Feira de Santana, Estrada, 1977.

Conversa na catedral(Conversación en la catedral), de Mario Vargas Llosa. Romance. RJ, Francisco Alves, 1978. Prêmio Odorico Mendes de Tradução – *1980*, da Academia Brasileira de Letras.

Autobiografia de Federico Sanchez (Autobiografia de Federico Sanchez), de Jorge Semprún. Romance. RJ, Paz e Terra, 1979.

Guerrilha!, de Ernesto Che Guevara. Memórias. RJ, Codecri, 1980.

Incitação ao nixonicídio e louvor da revolução chilena (Incitación al nixonicídio y alabanza de la revolución chilena), de Pablo Neruda. Poesia. RJ, Francisco Alves, 1980.

O livro dos hai-kais (Bashô, Buson, Issa: Tres maestros del haikku), de Osvaldo Svanascini. Capa e ilustrações de Manabu Mabe. Poesia e ensaio. SP, Massao Ohno/Roswitha Kempf, 1980, 2ª edição: 1987.

Livro das perguntas (Libro de las preguntas), de Pablo Neruda, Poesia. Porto Alegre, L&PM, 1980.

Quimgumbo. Nova poesiaa norte-americana, organizada por Kerry Shawn Keys. Poesia. SP, Vertente, 1980.

Grande e estranho é o mundo (El mundo es ancho y ajeno), de Ciro Alegría. Romance. RJ, Paz e Terra, 1981.

Aura (Aura), de Carlos Fuentes. Novela. Porto Alegre. L&PM, 1981.

A rosa separada (La rosa separada), de Pablo Neruda. Poesia. Porto Alegre, L&PM, 1982.

O coração amarelo (El corazón amarillo), de Pablo Neruda. Poesia. Porto Alegre, L&PM, 1982.

O arco e a lira (El arco y la lira), de Octavio Paz. Ensaio. RJ, Nova Fronteira, 1982.

A montanha é algo mais que uma estepe verde (La montañia es algo mas que una imensa estepe verde), de Omar Cabezas. Memórias. RJ, Codecri, 1983.

23 poemas de Octavio Paz. Poesia. SP, Roswitha Kempf, 1983.

A barcarola (La barcarola), de Pablo Neruda. Poesia. Porto Alegre, L&PM, 1983.

Sendas de Oku (Sendas de Oku), de Bashô. Diário de viagem e poesia. SP, Roswitha Kempf, 1983, 2ª edição, 1987.

Itzam Na (Itzam Na), de Arturo Arias. Romance. RJ, Marco Zero, 1983.

O livro de Manuel (El libro de Manuel), de Julio Cortázar. Romance. RJ, Nova Fronteira, 1984.

Fora de hora (Deshoras), Julio Cortázar. Contos. RJ, Nova Fronteira, 1984.

Os filhos do barro (Lo hijos del limo), de Octavio Paz. Ensaio. RJ, Nova Fronteira, 1984.

Poetas holandeses. Roterdã-Holanda, Poetry International, 1985.

Os segredos dos sonhos (Los secretos de los suenõs), de Román Cano. Interpretação simbólica. RJ, Record, 1985.

Mosaicos (Mosaicos), de Edison Simons. Poesia. RJ, RioArte/Record, 1986.

Solo a duas vozes (Solo a dos voces), de Octavio Paz e Julián Rios. Entrevista. SP, Roswitha Kempf, 1987.

Hai-kais de Bashô. Poesia. SP, Hucitec, 1989.

Como água para chocolate (Como agua para chocolate), de Laura Esquivel. Romance. SP, Martins Fontes, 1993. (Lançado na Bienal do Livro/RJ). Prêmio Jabuti para Tradução da Câmara Brasileira do Livro.

O paraíso (El Paraíso), de Elena Castedo. Romance. RJ, Relume Dumará, 1994.

Vislumbres da Índia (Vislumbres de la Índia), de Octavio Paz. Ensaio e poesia. SP, Mandarim/Siciliano, 1996. Prêmio União Brasileira de Escritores, RJ, para tradução.

O ano da seca (El año de la seca), de Víctor Álamo de la Rosa. Romance. RJ, Sette Letras, 1997.

A Bíblia e seus segredos (La Bíblia y sus secretos), de Juan Arias. RJ, Objetiva, 2004.

Rita, a santa do impossível (Santa Rita de Casia, abogada de las causas imposibles), de Juan Arias. Biografia. RJ, Objetiva, 2005.

Madalena: o último tabu do cristianismo (La Magdalena, el ultimo tabu del cristianismo), de Juan Arias. Cristologia. RJ, Objetiva, 2006.

20 Poemas de amor e uma canção desesperada (Vinte poemas de amor y una canción desesperada), de Pablo Neruda. A sair.

V – TRADUÇÕES DE PEÇAS TEATRAIS

O mago das cores (Le magicien des coulers), de Veronique Rateau. Peça de teatro infantil. RJ, 1978. Prêmio SNT/MEC como um dos melhores espetáculos do ano de 1978. Prêmio Mambembe 1978 como melhor produção do ano.

Fulgor e morte de Joaquim Murieta (Fulgor y muerte de Joaquín Murieta), de Pablo Neruda. RJ, Bertrand Brasil, 1988.

Assim que passem cinco anos (Asi que pasen cinco años), de Federico Garcia Lorca. Encenada pelo grupo de atores Teatro das Possibilidades, direção de Gilberto Gawronski, durante cinco meses no Museu Histórico Nacional, RJ, 1990/1991.

X – DISCOGRAFIA

"Vita vitae". Composição de Vânia Dantas Leite sobre quatro poemas de Olga Savary. Conjunto Ars Contemporânea do Rio de Janeiro: David Evans (flauta). Luiz Viana (clarinete), Ana Maria Scherer (viola), Luiz Fernando Zamith (violoncelo), Victória Elnecave (soprano), Regina Vianna (atriz), Vânia Dantas Leite (sintetizador e direção). In: *Música nueva latinoamericana – 5*. Montevidéu, Uruguay, Ediciones Tacuabé, 1978. Série Música Nueva. T/E 11 (LP).

Fragmentos da poesia latino-americana. Autores diversos: Carlos Drummond de Andrade, Castro Alves, João Cabral de Melo Neto, Pablo Neruda, Olga Savary e outros. Teatralização de Juca de Oliveira. RJ, RCA, 1980. 103.0351 (LP).

"Salvador". Composição de Flávio Pantoja, com letra de Olga Savary, em homenagem a Heitor Villa-Lobos. Intérpretes: Flávio Pantoja (voz e piano acústico), Robertinho Silva (percussão), Hermeto Pascoal (sanfonas), Hélio Delmiro (violão e guitarra), Zeca Assunção (contrabaixo), Nelson de Macedo e Jesuína (violas), Márcio Malard e Luiz Fernando Zamith (cellos), Bernard Bessler, João Daltro de Almeida, Aizik Geller, Luiz Carlos Marques, Michel Bessler e José Alves (violinos), Estevão Teixeira (flauta), Mauro Senise (sax alto), José Carlos e Carlos Waktins (sax tenor), Zdenek Zvab (trompa), Paulo Roberto (trumpete), Paulinho de Sá (bandolim). In: *Flávio Pantoja.* RJ, Sonar/Esfinge Discos/Musix Record, 1991. 521.404.487 (LP).

______. RJ, Sonar/UMC, 1992. 641.091.19 (CD).

"Sumidouro". Composição de César Guerra-Peixe sobre três poemas de Olga Savary. Intérpretes: Ricardo Amado (violino), David Chew (violoncelo), Ruth Serrão (piano), Pauxy Gentil (flauta), Rildo Hora (harmônica de boca e realejo), José Botelho (clarineta), Noël Devos (fagote), Inácio de Nonno (barítono). In: *Música de Câmara: Guerra-Peixe.* RJ, RioArte Digital, 1996. RD 005 (CD).

"Pele", "Mirauiú", "Çaiçuçáua". Composições de Madan sobre poemas de Olga Savary. Intérpretes: Madan (violões e voz), Kiko Moura (violão e guitarra), Prata (flautas e bandolim) e Jica (percussão). In: *Madan.* SP, Dabliú Discos, 1997. DB 0022 (CD).

"O poeta e a poesia". 34º Festival de Música e Poesia de Paranavaí-PR. Fundação Cultural de Paranavaí, Paraná, 1999.

"Cateretê". Composição de Madan sobre poema de Olga Savary. In: *Carlos Navas – Sua pessoa.* SP, Dabliú Discos, 2000. DB 0076 (CD).

W – COMPOSIÇÕES MUSICAIS SOBRE POEMAS DA AUTORA

BAUER, Guilherme. *Espelho provisório.* Poemas: "Diurno", "Desejo absoluto", "Liberdade", "Para o aviador", "Pedro" e "Balanço". Composição apresentada, em primeira audição, na II Temporada de Verão de Música de Vanguarda, no Teatro Gláucio Gil, RJ, com o conjunto Ars Contemporânea e a voz da atriz Maria Pompeu, 1972. Auditório do IBAM, RJ, e cidades da Alemanha, 1974, com a atriz Tetê Medina.

_____. *Sem escolha.* Poema: "Nome (Darei teu nome a minha fome)".

BERTRAN, Déa. *Altaonda.* SP, Teatro Ruth Escobar, 1982, e em vários outros teatros.

CIRANDA, Paulo. *Cânon; Mar; Guerra Santa; Nome; Pele de terra, minha morada: Saturnal.* Teatro Glauce Rocha e Circo Voador, RJ, 1985; e em vários teatros do interior do Estado.

GUERRA-PEIXE, César. *Sumidouro.* Cantata (cantoria) sobre os poemas "Pituna-Ara" (*Noite-Dia*), "Nuvem" (*Itinerante*), "Ciclos" e "Sumidouro". Composição apresentada na IV Bienal de Música Contemporânea, na Sala Cecília Meireles, RJ.

IRINÉA MARIA. *Coração subterrâneo.* SP, Festival da Mulher nas Artes, 1982.

LEITE, Vânia Dantas. *Vita vitae.* Composição apresentada na I Bienal de Música Brasileira Contemporânea do Rio de Janeiro, na Sala Cecília Meireles, contendo os poemas "Atlântida", "Sextilha Camoniana", "Vida" e "Vida?".

_____. *Ciclos.* Contendo os poemas "Ciclos", "Sétima Camoniana", "Cerne" e "Retrato (Ave/sem o vestígio das asas)". Composição apresentada na IV Bienal de Música Contemporânea na Sala Cecília Meireles, com o grupo Percussão Agora, de John Bowdler, voz de Martha Herr.

MADAN. *Terminal*; e *Pele* (do livro *Magma*); *Linha d'água; Mineração da água; Maiua; Retrato; Iruáia; Çaiçuçáua; Mirauiú e Cateretê* (do livro *Linha d'água*); *Destino*; *Gesto*; *Paz e Homem* (do livro *Retratos*); *Encontro marcado*; e *Ábaco* (do livro *Éden Hades*). Vários shows em São Paulo e cidades do interior do Estado.

MIRABÔ. *Pedido.*

NOGUEIRA, José Henrique. *Erê e Mineração da água.* Apresentações em casas de *show* do Rio de Janeiro, Niterói, etc.

PASSOS, Rosa. *Nome.* Apresentação em *shows* no Rio de Janeiro, Brasília, etc.

PAULA, Antonio de. *Sumidouro* (do livro *Sumidouro*); *Encontro marcado* e *Limbo.* Apresentação no Museu Nacional de Belas Artes, RJ, e outros.

TACUCHIAN, Ricardo. *Aviso.* Apresentações várias.

Alguns outros compositores que musicaram poemas de OS: Flávio de Lyra, Gui Tavares, Helder Parente, Nosly etc.

Y – PREFACIOS, ORELHAS, RESENHAS, CRÍTICAS E ENSAIOS ESCRITOS PELA AUTORA EM LIVROS, JORNAIS E REVISTAS

Y1 – LITERATURA BRASILEIRA

Necrológico, de Victor Giudice. Contos. RJ, 1972.
A legião dos suicidas, de Celso Japiassu. Poesia. RJ.
Ceia magra, de Bené Fonteles. Poesia. RJ.
AmarAmigos, de Juju Campbell Penna. Poesia. RJ.
Os frutos do rio, de Miguel Jorge. Poesia. RJ.
A olho nu, de Ronald Claver. Poesia. RJ.
Bagagem, de Adélia Prado. Poesia. RJ.
Devastação: o equilíbrio entre o ser poeta e o fazer poético, de Pedro Paulo de Senna Madureira. Poesia. RJ.
Corpo de sal, de Gardênia Garcia. Poesia. SP.
O itinerário dos imigrantes, de Celso Japiassu. Poesia. RJ.
O carpinteiro, de Carlos Nejar. Poesia. SP, *Veja*.
Um animal com vísceras, de Ivan Junqueira. Poesia. RJ, *O Globo*.
Telúrica e vigorosa a poesia de Sérgio Wax. SP, Massao Ohno.
Didática, de Anderson Siqueira. Poesia. (Prefácio).
Retrato do tempo, de Raul Miranda. Poesia. (Prefácio). RJ.
Descobrir a poesia como quem descobre a vida, de Glória da Cruz Siqueira. Poesia. (Prefácio). RJ.
Joio & *Trigo*, de Thereza Christina Rocque da Motta. Poesia. RJ.
O século XXI como antídoto, de Ricardo Máximo. Poesia (Prefácio). RJ.
O cajado de miríades, de Ricardo Russo. Poesia (Prefácio). Porto Alegre.
Carne viva – I Antología brasileira de poesia erótica – 77 poetas, org. Olga Savary. Apresentação. RJ, Anima, 1984.
Os dias enjaulados, de Tereza Bulhões. Poesia (Prefácio). RJ.
A vaquinha falante, de Joaquim Mattar. São Paulo, Tilibra, 1987.
Mármore partido, de Abel Pereira. Poesia (Prefácio). Rio de Janeiro, 1985. São Paulo, Massao Ohno Editor, 1989.
Esquina, de Roberto Kenard. Poesia (Prefácio).
Calabar – Lêdo Ivo. Publicado em *Leia-Livros*, novembro de 1985. São Paulo, Record, 133, 1985.
Balanço literario 1985 – diversos autores – Revista *Colóquio/ Letras*. Fundação Gulbenkian, Lisboa/Portugal
Incandescências, de Jaci Bezerra.
Cebola crua, de Lúcia Helena Corrêa. Poesia (Prefácio).

Hai-kais – Introdução. São Paulo, Ed. Roswitha Kempf, 1986.
Negroworld (peça teatral), de Joaquim Mattar. (Prefácio).
Aqua lírica: o poeta jamais estará só, de Íris Gomes da Costa. RJ, Letras e Artes.
Ângelo Sobral desce aos infernos, de Ruy Espinheira Filho (Prefácio).
Levantar vôo, de Beyla Genauer. (Prefácio).
Sentido à vida, de Joaquim Mattar. (Prefácio).
A Clarice Lispector que eu vi – Revista *Ângulo*. Lorena-SP, jul.-dez. 1989.
Uma conversa sobre Clarice. Com Marleine Paula Marcondes e Ferreira de Toledo. Revista *Ângulo*. Lorena, jan.-mar. 1993
O navio escuro da poesia – Denise Emmer. *O Globo*, 29 ago. 1993
A poesia como forma de autoconhecimento – Glória Leal. *O Globo*, 7 fev. 1993
Cartas de amor entre iguais (De Violet Trefusis para Vita Sackville-west). O Globo, 4 jul. 1993
Crítica literária como paixão (Recortes, de Antônio Cândido). O Globo, 28 fev. 1993
A rainha arcaica – Ivan Junqueira. RJ, Nova Fronteira, 1980, 120p. SP, *Leia-Livros*.
Romance das três flautas, ou de como as mulheres perderam o domínio sobre os homens, de João de Jesus Paes Loureiro. Poesia (Prefácio).
A canção de Beatriz e outros poemas, de Ruy Espinheira Filho
Conspirações e inconfidências de um caçador de meninas gerais, de Bruno Cattoni. RJ, Biblioteca Nacional, *Poesia Sempre*, nº 2, 1993
A chama inextinguível, de Alexei Bueno. RJ, *O Globo*.
Ad nada, de Renato Gonda. Poesia (Prefácio).
Brasiliana, de Silvia Jacintho. Poesia (Prefácio). RJ, Imago.
A fome do paraíso, de Iara Vieira. RJ, Biblioteca Nacional, *Poesia Sempre*, nº 5, 1995
Abadia, de Raquel Naveira. Poesia. RJ.
O corpo, de Luciano Trigo. Poesia. RJ.
3x4, de Ivan Wrigg Moraes. Romance. RJ.
Cesto das canções com pássaros, de Francisco Orban. Poesia. RJ, Biblioteca Nacional, *Poesia Sempre*, nº 6, 1995.
Oku: viajando com Bashô, de Carlos Verçosa. RJ, Biblioteca Nacional, *Poesia Sempre*, nº 9, 1998
Hélion Póvoa e a alteza da poesia – Prefácio a "Missão na terra". RJ. Imprimatur, 2000.
Chama, de Sílvia Jacintho. RJ, 2000.
Amazonense faz boa ficção com 'anos de chumbo' e choques entre culturas – Nicodemos

Sena. *O Globo*, Cad. *Prosa & Verso*, 3 mar. 2001.

A ficção de Josette Lassance – Apresentação a *O prédio*. Contos. Belém, PA, 2002.

Asas ao anoitecer, de Maria Lúcia Siqueira. Poesia (Prefácio). Curitiba, Apta, 2004.

Os souvenirs da prostituta: a novela de Ipanema, de Gerson Valle. Romance. (Prefácio). Petrópolis, Catedral das Letras, 2006.

De pedra e de flor, de Elisa Flores. Poesia. (Prefácio). RJ. UAPÊ, 2006.

Herança do vento: obra poética reunida, de Marien Calixte. (Prefácio). Vitória-ES, 2006.

Ícaro e eu, de Albeniz Clayton. Poesia. (Prefácio). RJ, 2007.

O lutuoso tecido da solidão – Prefácio a *O homem deserto sob o sol*, de Edivaldo de Jesus Teixeira. Poesia. Caraguatatuba-SP, LetraSelvagem, 2008.

Y2 – LITERATURA ESTRANGEIRA

Ainda – Pablo Neruda

Neruda revivido faz reviver Lorca – Pablo Neruda

Incitação ao nixonicídio e louvor da revolução chilena – Pablo Neruda

Livro das Perguntas – Pablo Neruda

A rosa separada – Pablo Neruda

Coração amarelo – Pablo Neruda

Sendas de Oku – Bashô

A certeza de não ter certeza alguma – José Régio

A paixão da poesia – Emily Dickinson

Uma alegria para sempre – John Keats

Um adolescente, a mulher. Jogo sombrio do erotismo – Marc Cholodenko

Um americano em Londres – Henry James. *O Globo*, 21 mar. 1993

Antologia da nova poesia norte-americana – seleção, tradução e notas de Jorge Wanderley

Z – APRESENTAÇÕES EM CATÁLOGOS DE ARTES PLÁSTICAS E DISCOS FONOGRÁFICOS

Z1 – ARTES PLÁSTICAS

Elza O.S. – Exposição de Pintura – Galeria Intercontinental

Marília Kranz – Exposição de Artes Plásticas – MAM (Museu de Arte Moderna) – RJ, 1974

Guita Charifker – Exposição de Desenhos – Fundação Cultural do DF – Brasília

Vera Salamanca – Exposição de Artes Plásticas – Galeria Itaú
Wilma Martins – Exposição de Desenhos – Fundação Cultural do DF – Brasília

Z2 – MÚSICA
Apresentação do disco da compositora/cantora Rosa Passos.
Apresentação do disco da compositora/cantora Thereza Tinoco.

Fortuna crítica

ENTREVISTAS, REPORTAGENS, DEPOIMENTOS

ABOU HANA, Samir. "Algo sobre Olga: Uma senhora poetisa". *Diário de Pernambuco.* Recife, 04 mar., 1971 (página inteira com fotos da Autora).

ALMEIDA, Amanda de. "Poeta lança Berço Esplêndido". *O Diário.* Mogi das Cruzes-SP, 05 abr.2000 (capa e página inteira com foto em policromia).

ALMEIDA, Miguel de. "Olga Savary, uma das maiores poetisas brasileiras, acha que a mulher ainda não escreve com o corpo – O erotismo como arma do feminismo". *Folha de São Paulo.* SP, 30 mar., 1981 (página inteira com foto).

ALVES, Audálio. "Olga Savary não crê na morte do livro". *Jornal do Commercio.* Recife, 06 jun., 1971 (página inteira com foto).

AMÂNCIO, Moacir. (Ass.: M.A.). "A palavra mágica da poeta Olga Savary". *Folha de São Paulo.* SP, 05 out., 1977 (página inteira com foto).

"Antologia de poesias retrata uma geração". *Diário Popular.* SP, 06 de dez., 1992 (página inteira com foto).

"Antologia reúne nomes recentes da poesia brasileira". *Mulher de Hoje.* RJ, nº 158, mar., 1993 (página inteira com foto colorida).

"Anthology of new poetry". *The Brazilian Book Magazine.* Biblioteca Nacional. RJ, ano 3, nº 2, mar. 1993.

"A poesia de Olga, dedicada a Drummond". *Jornal da Tarde.* SP, 16 nov., 1980.

"A poesia não morreu". *Última Hora.* RJ, 15 dez., 1970 (página inteira com foto).

ARAÚJO, Felipe. "Os abismos de Olga". Fortaleza, *Diário do Nordeste* – Cad.3, capa p.1 inteira com foto de OS e do livro *O olhar dourado do abismo* em policromia).

ARCANJO, Clauder. "O olhar dourado de Olga Savary". *Papangu – Revista de Humor e Cultura.* Mossoró-RN, nº 40, maio 2007 (entrevista de 14 páginas, com fotos e poema de Carlos Drummond de Andrade para OS).

ASCHER, Nelson. "Antologia reúne a nova poesia brasileira com seus 334 autores". *Folha de São Paulo.* SP, 13 dez., 1992.

"As mil faces da poesia". *Visão.* SP, ano XLI, nº 52, 23 dez., 1992 (página inteira com foto do livro).

BONFIM, Maria Cláudia. "Destaque – Olga Savary". *Diário de Notícias*. RJ, jan., 1984 (página inteira com foto).

CATALÃO, Tetê "Olga Savary – útil e clara como cartilha da infância". *Correio Brasiliense*. Brasília, 9 jun., 1978 (página inteira com foto).

CONDÉ, Elísio. "Poesia: uma forma de ver melhor a vida". *Jornal de Letras*. RJ, jan., 1973.

COSTA, Cecília. "Sou um animal erótico, uma índia na cidade" – Repertório selvagem. *O Globo*, RJ, 5 dez. 1998. *Cad. Prosa & Verso*, p.3 (entrevista p. inteira com foto).

DUARTE, José Afrânio Moreira. "Olga Savary falando de mulheres, poesia, literatura..." *Estado de Minas*. Belo Horizonte, 4 jul., 1981.

"Em *Altaonda*, a poesia rigorosa de Olga Savary", *Folha de São Paulo*. SP, 17 set., 1980 (meia página com foto).

"Escritor: situação do livro ainda é precária". *O Globo*. RJ, 29 out., 1979.

"Estes versos espalhados pelo mundo estão agora reunidos". *O Estado de São Paulo*. SP, 29 jul., 1975 (meia página com foto).

ERTHAL, Márcia. "Hai-kai para homenagear escritora". *Fluminense*. Niterói, 15 abr., 1993 (página inteira com foto).

FARIA, Álvaro Alves de. "A poesia é essencial, como todo o ato de viver". *Diário de São Paulo*. SP, 23 out., 1977 (página inteira com fotos).

FERNANDES, Valéria. "Por uma busca da poesia ecológica". *Jornal de Ipanema*. RJ, 14 jan., 1978 (página dupla com fotos).

GARCIA, Alfredo. " 'Nunca fiz outra coisa na vida a não ser escrever' – pela 3ª vez o Prêmio Jabuti por *Berço esplêndido*." – Belém, 18 mar. 2002 (entrevista de página dupla com foto de OS em policromia e capa de *BE*), *O Liberal* – Cad. *Cartaz*, p. 1 e 3.

GOMES, Danilo. "A poeta Olga Savary, autora de *Espelho Provisório* e *Sumidouro*". *O Popular*. Goiânia, 18 jun., 1978.

GOMES, Danilo. "A poesia se alimenta também de enigmas". *Suplemento Literário do Minas Gerais*. Belo Horizonte, 13 jan., 1979. Reproduzido in *Escritores Brasileiros aos Vivo*, Vol. II, de Danilo Gomes, Belo Horizonte-DF, Comunicação/INL, 1980.

ISSA, Farida. "Olga Savary – *Espelho provisório*". Revista *Importante*. RJ, 1973 (página dupla com ilustração).

LEMOS, Tite de. "Olga Savary, Opus 3: *Altaonda*". *O Globo*. RJ, 18 dez., 1979 (meia página com ilustração).

LIMA, Ricardo Vieira. "Lira mítica em dose dupla". *Tribuna da Imprensa*. RJ,

18 nov., 1994 (página inteira com ilustração – desenho da Autora e foto).
______. "Uma poeta para a Academia: Olga Savary disputa vaga na ABL". *Tribuna da Imprensa*. RJ, 11 mar., 1997 (página inteira com foto e poema inédito de Carlos Drummond de Andrade para OS).
LOFFLER, Carlos Alberto. "Preto no branco". *Tribuna da Imprensa*. RJ, 18 dez., 1979.
MARCON, Celso. "Aqui nado, aqui vôo, telúrica e alada/Olga Savary/ *Sumidouro*". *Jornal do Commercio*. Recife, 03 mar., 1978.
MARRA, Heloisa. "Contra qualquer hermetismo, Olga Savary mostra em *Sumidouro* a beleza e a profundidade do simples". *Fatos e Fotos/ Gente*. RJ, 09 jan., 1978 (página inteira com foto).
MAUAD, Isabel Cristina. "Savary enxerga nova poesia no Brasil". *O Globo*. RJ, 13 nov., 1992.
MENDES, Oswaldo. "Olga Savary mostrando vinte anos de poesia". *Última Hora*. SP, 07 dez., 1971.
MIGUEL JORGE. "A poeta Olga Savary". *O Popular*. Goiânia, 18 jun., 1978 (página inteira com foto).
MOISÉS, Carlos Felipe. "Olga Savary, uma incansável batalhadora das coisas literárias". *Suplemento Literário do Estado de Minas Gerais*. Belo Horizonte, 11 abr., 1992 (capa e 4 páginas inteiras com fotos).
MONTEIRO, Adriana. "Olga Savary: poesia como catarse". *News*. RJ, set., 1973 (página dupla com foto).
MONTEIRO, Ângelo. "Olga Savary – escrever é também um ato de sensualidade". *Jornal do Commercio*. Recife, 5 mar., 1978.
"Obsessiva paixão pelo trabalho". *O Globo*. RJ, 3 maio 1992.
"Olga Savary". *Jornal do Brasil*. RJ, 6 dez., 1971.
"Olga Savary – a ignorância dos censores – Neruda era chamado de Arruda". *Cinco de Março*. Goiânia, 1978 (página inteira c/ fotos).
"Olga Savary – a poesia como linguagem mágica". *Correio das Artes*. João Pessoa, 19 mar., 1978 (página inteira com foto).
"Olga Savary e a poesia". *Tribuna da Imprensa*. RJ, 23-24 dez., 1972.
"Olga fala de sua poesia". *Jornal do Brasil*. RJ, 7 jan., 1978 (meia página com foto).
"Olga Savary, há quarenta anos casada com a palavra". *Leia-Livros*. SP, ano XI, nº 129, jul., 1989 (página inteira com foto).
"Olga Savary: hoje, editores estão interessados em poesia". *Diário Popular*. SP, 3 out., 1980 (meia página com foto).

"Olga Savary lança *Sumidouro* na Galilei". *Jornal de Brasília*. Brasília, 7 jun., 1978 (página inteira com foto).

"Olga Savary sorvendo a vida no filtro da poesia". *Diário de Notícias*. RJ, 11 jan., 1976.

"Olga Savary no segundo livro de poemas". *O Popular*. Goiânia, 9 nov., 1975 (página inteira com foto).

"Olga Savary reúne obras de poetas em antologia". *O Globo*. RJ, 7 dez., 1992.

"O mar em cada verso". *Jornal do Brasil*. RJ, 15 dez. 1979.

PEIXOTO, Marcelo. "Olga Savary, uma poetisa mercurial". *Jornal do Commercio*. Recife, 15 set., 1974 (página inteira com foto).

"Poemas de Olga Savary". *Tribuna da Imprensa*. RJ, 15-16 dez., 1979 (página inteira).

"Poesia e sensualidade na obra de Olga Savary". *O Globo*. RJ, 20 abr., 1995.

"Poesias de Olga, para o maior poeta da língua". *O Estado de São Paulo*. SP, 17 nov. 1980.

POLO, Marco. "Hai-kai é zen". *Jornal do Comércio*. Recife, 4 out. 1993 (entrevista p. inteira da capa do Cad. C com quatro fotos de OS).

PUCCINI, Enio. "Noite de lançamento". *Vale Paraibano*. Guaratinguetá, 6 maio 1978 (página dupla com fotos).

RAITZIK, Simone. "A poeta operária". *Jornal do Brasil*. RJ, 4 jan. 1997 (página inteira).

RODRIGUES, J.R. "Savary é a voz das águas – Profª da USP quer Savary na ABL". *O Liberal*. Belém, 17 jan. 2002 (chamada de capa do Cad. *Cartaz* e p.3 de entrevista com Profª Marleine de Toledo sobre OS, com fotos de MT e OS).

"Savary, trabalho de poeta é como qualquer trabalho". *Diário Popular*. SP, 2 nov., 1977.

"*Sumidouro*". *Hoje*. RJ, abr., 1978.

"*Sumidouro*, a nova poesia visual de Olga Savary". *O Estado de São Paulo*. SP, 5 out., 1977.

"*Sumidouro* – natureza, água, amor, protesto contra a destruição da vida". *Jornal da Bahia*, Salvador. 15 fev., 1978 (página inteira com fotos).

"*Sumidouro* de Olga Savary – um livro. Um canto de águas turbulentas". *O Globo*. RJ, 28 nov., 1977 (meia página com ilustração).

SANTOS, Carlos Correia. "Grandes paraenses/Olga Savary. Uma mulher-raiz submersa em águas eternas". *A Província do Pará*. Belém, 4 jun. 2000, p.7 inteira com foto de OS e da capa de *RS*).

SAVARY, Olga: "Aliança ideal do Japão com o Brasil". *Terceira Civilização*,

Revista da Fundação Soka Gakkai, RJ, out. 2005. Depoimento p/ Coluna *Ensaio*, p.66 inteira com foto de OS em policromia).
SÔNIA BEATRIZ. "Olga Savary: a poesia da guerreira". *Correio da Manhã.* RJ, 13 dez., 1979 (meia página com foto).
TEIXEIRA, Maria Célia. "A vitalidade de Olga Savary: 70 anos". *Tribuna da Imprensa*, Cad. Tribuna Bis, RJ, 3 e 4 maio 2003, p.1 (chamada de capa e p. inteira com foto em policromia).
VICENZIA, Ida. "Olga Savary no caminho das águas". *A Notícia.* RJ, 6 out., 1978 (meia página).
WAX, Sérgio. "Retratos, de Olga Savary". *Infos-Brésil (Le mensuel de l'atualité brésilienne).* Paris-França, 1990 (página inteira).
WILLER, Vivian. "Para os amigos no Natal, o melhor de 1979". *Jornal do Brasil.* RJ, 15 dez., 1979.

ESTUDOS, ARTIGOS E CRÍTICAS SOBRE A AUTORA

ALENCAR, Edgar. "A poesia e as mulheres". *O Dia* RJ, 7 ago., 1971.
AMADO, Jorge. "Dinastia de luas, sons noturnos". *Suplemento Literário de Minas Gerais.* Belo Horizonte, 30 out., 1976 (página inteira).
ANDRADE, Carmine: "Devorem este, galanos", *Leia-Livros.* SP, nov., 1980.
ANDRADE, Euclides Marques. "Gente, livros e fatos". *Suplemento Literário do Minas Gerais.* Belo Horizonte, 13 abr., 1971.
"APCA faz, hoje, a entrega dos prêmios aos melhores de 1977". *O Estado de São Paulo.* SP, 13 nov., 1978.
APOLINÁRIO, João. "*Espelho provisório* – poesias de Olga Savary". *Última Hora.* SP, 15 jun., 1971.
ATHANÁZIO, Enéas. "Olga Savary: telurismo e sensualidade". Camboriú – Santa Catarina, *CooJornal – Revista Rio Total* nº 526, 28 abr. 2007, p.1.
ATHAYDE, Félix. "*Sumidouro*". *O Pasquim.* RJ, 5 jan., 1978.
_____. "Os bons já conhecidos". *Jornal do Brasil.* RJ, 31 dez., 1977.
BAIRÃO, Reynaldo. "Poesia nova". *Tribuna da Imprensa.* RJ, 21 fev., 1974.
_____. "Serão estes os novos caminhos poéticos". *Crítica.* RJ, 26 jan., 1975.
_____. "Ainda a poesia em 1979 e outros livros". *Suplemento Literário do Minas Gerais.* Belo Horizonte, 24 maio, 1980.
BARCELLOS, José Carlos. "Poéticas do masculino: Olga Savary, Valdo Motta e Paulo Sodré". RJ, UFF, 2001.
BARRETO, Lázaro. "Poetas e poesia". *Correio do Povo.* Porto Alegre, 17 mar., 1979.

BECHERUCCI, Bruna. "*Sumidouro*". *Vogue*. SP, jun., 1978.
BELL, Lindolf. "Olga Savary: Sumidouro, nascedouro?". *Acadêmico*. Blumenau, mar., 1979 (página inteira com ilustração).
CAMPOMIZZI FILHO. "*Espelho provisório*". *Gazeta Comercial*. Juiz de Fora, 1971.
CAMPOS, Maria do Carmo. "Sincretismo". *Poesia Sempre* nº 8. RJ, Biblioteca Nacional, jun., 1997.
CAMPOS, Milton de Godoy. "Olga confirma seu teor lírico". *Poesia*. SP, dez., 1977 (três páginas inteiras).
COELHO, Joaquim-Francisco. "*Espelho Provisório*". *BooksAbroad Review*. Norman Oklahoma (USA), jan., 1972 (página inteira).
_____. "Olga Savary – *Sumidouro*". *Revista Coloquio/Letras*. Lisboa, Portugal, maio, 1979 (página inteira).
COELHO, Nelly Novaes. "Tempo/espaço/poesia na palavra de Olga Savary". *Anuário das Artes*. Edição APCA., SP, 1978.
CORRÊA, Wilson. "Espelho de Olga Savary". *Tribuna da Imprensa*. RJ, 23 dez. 1971.
COUTINHO, Afrânio. "Antologias". *Jornal do Commercio*. RJ, 19-21 dez., 1992.
"Crítica paulista elege os melhores de 1977". *O Estado de São Paulo*. SP, 6 jan., 1978.
CRUZ, Domingo Gonzales. "A renovação da poeta Savary". *Tribuna da Imprensa*. RJ, 15 jan., 1978 (página inteira).
"Cuando los colegas hacen poesía". Revista *Nosotras*. Buenos Aires (Argentina), ago., 1973.
CUCURRULL, Félix. "Poesia". *Enciclopédia Universal – Suplemento*. Espanha, 1969/1970.
______. "Poesia". *Enciclopédia Universal – Suplemento*. Espanha, 1971/1972.
DANTAS, Maria da Paz Ribeiro. "As algas de Olga". *Diário de Pernambuco*. Recife, 09 jan., 1981.
DUCLÓS, Nei. "A difícil poesia". *Veja*. SP, 15 fev., 1978 (página inteira).
______. "Olga Savary e *Sumidouro*". *Anuário das Artes*, Edição APCA. SP, 1978.
ESPINHEIRA FILHO, Ruy. "A poesia de Olga Savary". *Tribuna da Bahia*. Salvador, 18 fev., 1978.
ÉLIS, Bernardo. "Versos de Olga Savary". *Leia Agora*. Goiânia, out.-nov., 1973 (página dupla).
ENEIDA. "O espelho provisório". *Diário de Notícias*. RJ, 12 jan. 1971.

"*Espelho provisório*". *A Gazeta Esportiva*. SP, 05 dez., 1971.
"*Espelho provisório*". *Veja*. SP, 13 jan., 1971.
FARIA, Álvaro Alves de. "Poesia". *Diário de São Paulo*. SP, 28 fev., 1971 (capa e página inteira com fotos).
_____. "Livros". *Diário de São Paulo*. SP, 05 dez., 1971.
GAMA, Mauro. "Do dogmatismo à Altaonda do mar". *Ele* & *Ela*. RJ, mar., 1980.
GIUDICE, Victor. "Um espelho provisório definitivo". *Tribuna da Imprensa*. RJ, 05 abr., 1973 (página inteira).
JUNQUEIRA, Ivan. "A emoção pensa, o pensamento sente". *O Globo*. RJ, 12 out. 1977.
LAUS, Lausimar. "O sentido do mito em Olga Savary". *O Estado de São Paulo*. SP, 05 set., 1971 (página inteira).
_____. "O novo livro de Olga Savary". *Correio do Povo*. Porto Alegre, 23 set., 1978 (página inteira).
LEÃO, Rodrigo de Souza. "Olga Savary celebra em versos o paganismo dos sentimentos profundos". *O Globo*. RJ, 2 de março 2002. Cad. *Prosa & Verso*, p.4 (meia página, com foto).
LEONARDOS, Stella. "...E as mulheres brasileiras". *Jornal de Letras*. RJ, jun., 1971.
LISBOA, Luiz Carlos. "*Espelho provisório*". *O Estado de São Paulo*. SP, 14 mar., 1971.
LOBATO, Manoel. "*Espelho provisório*". *Suplemento Literário de Minas Gerais*. Belo Horizonte, 04 set., 1971.
LOBO FILHO, Blanca, *World Literatture Today*. Oklahoma (USA), out., 1980.
LUCAS, Fábio. "Olga Savary: *Altaonda*". Revista *Colóquio/Letras*. Lisboa/ Portugal, 1981.
MIGUEL JORGE. "APCA entrega prêmios aos melhores das artes de 77". *O Popular*. Goiânia, 26 nov., 1978.
MILLARCH, Aramis. "*Espelho provisório*". *O Estado do Paraná*. Curitiba, 13 fev., 1971.
"O espelho provisório de Olga Savary". *Correio da Manhã*. RJ, 15 dez., 1970.
OLIVEIRA, Marly de. "A autora de *Sumidouro*". *José*. Brasília, 17 fev., 1979.
"Olga Savary lança na Cordel o seu *Espelho provisório*". *Jornal do Commercio*. Recife, 03 mar., 1971.
"Os críticos escolheram". *O Estado de São Paulo*. SP, 05 jan., 1978.
"Os melhores segundo os críticos". *Folha de São Paulo*. SP, 06 jan., 1978.
"Os premiados". *O Estado de São Paulo*. SP, 13 nov., 1978.

PAULA, Marleine. "Sob o signo das águas". *O Estado de São Paulo.* SP, 01 nov., 1987 (página inteira).

PEREIRA, Edmar. "A poesia em crise". *O Estado de São Paulo.* SP, 12 nov., 1975.

______"*Altaonda*". *Nova.* SP, dez., 1980.

PÓLVORA, Hélio. "Livros". *Jornal do Brasil.* RJ, 07 abr., 1971.

PONTES, Mário. "Uma década de muitos livros". *Jornal do Brasil.* RJ, 29 dez., 1979.

"Retrato". *Tribuna da Imprensa.* RJ, 19 nov., 1978.

RIBEIRO, Léo Gilson. "*Espelho provisório*". *O Estado de São Paulo.* SP, 04 fev., 1971.

RICARDO, Cassiano. "*Espelho provisório*". *Jornal do Brasil.* RJ, 16 jan., 1974.

ROCHA, C.P. "Espelho Provisório". *Gazeta Comercial.* Juiz de Fora, 30 maio, 1971.

ROSA, Roldão Mendes. "A poesia". *A Tribuna.* Santos, 25 ago., 1971.

SALLES, Fritz Teixeira de. "Síntese e linguagem poética". *Correio do Povo.* Porto Alegre, 27 jan., 1979 (página inteira).

SANT'ANNA, Affonso Romano de. "Em torno do buraco negro". *O Globo.* RJ, 25 nov., 1992.

SENA, Nicodemos. "A poesia como permanente ato de rebeldia". *O Escritor* (Jornal da União Brasileira de Escritores). SP, nº 102, março 2003.

_____."Relembrando o menino antigo". *O Estado do Tapajós.* Santarém-PA, 10 out. 2003.

SILVA, Domingos Carvalho da. "Poesia de hoy". *Revista de Cultura Brasileña.* Edição da Embaixada do Brasil na Espanha. Madri/Espanha, 1974.

SILVA, José Mário da. "Mínimas leituras Múltiplos interlúdios". João Pessoa – PB, Idéia, 2002.

SILVA, Quirino da. "Olga Savary". *Diário da Noite.* SP, 02 mar. 1972.

SOUZA, Olney Borges Pinto de. "*Sumidouro*". *Diário de São José dos Campos.* São José dos Campos, 12 nov. 1977 (página dupla).

STUDART, Heloneida. "Livros". Revista *Manchete.* RJ, 11 abr. 1971.

"*Sumidouro*". *Suplemento Literário de Minas Gerais.* Belo Horizonte, 10 jun., 1978.

"*Sumidouro*". *Suplemento Literário de Minas Gerais.* Belo Horizonte, 30 dez. 1979.

TOLEDO, Marleine Paula Marcondes e Ferreira de. "Olga Savary e o ofício do haicai". USP. Jaú, Anais de Seminários do Grupo de Estudos

Lingüísticos do Estado de São Paulo, Vol. I, 1992.

TRIGO, Luciano. "Duas dezenas de exercícios líricos: o erotismo de Savary está de volta nos 20 contos de *O olhar dourado do abismo*". SP. *O Estado de São Paulo*, 24 jun. 2001, p.4 (meia p. com foto).

VARGAS, Suzana. "Éden hades". *Poesia Sempre*. Biblioteca Nacional. RJ, ano 3, nº 5, fev., 1995 (página dupla).

WILLER, Cláudio. "Poesia". *Versus*. SP, jun.-jul., 1978.

ZAGO, Antonio. "A vida e a morte na obra de duas poetisas". *Folha de São Paulo*. SP, 09 nov., 1980.

A autora

A documentação sobre a Autora – originais, correspondências, entrevistas, reportagens, depoimentos, estudos, artigos e críticas – encontra-se no Centro de Literatura Brasileira da Fundação Casa de Rui Barbosa, na Rua São Clemente, 134, Botafogo, Rio de Janeiro, RJ; na Seção de Manuscritos da Biblioteca Nacional, à Av. Rio Branco, 219/ 239, Centro, Rio de Janeiro; na Oficina Literária Afrânio Coutinho (OLAC), à Rua Paul Redfern, 41, Ipanema, Rio de Janeiro; na Fundação José Luiz Pasin, Fazenda Boa Vista, Roseira Velha, SP; no Museu de Literatura - Centro de Estudos Mário de Andrade, Rua Lopes Chaves, 546, Barra Funda, São Paulo, SP; e na University of New México, Albuquerque, EUA.

Esta obra foi impressa pela Gráfica EME, Av. Brig. Faria Lima, 1080, V. Fátima
Capivari-SP, para a Associação Cultural LetraSelvagem